比较文学与世界文学 研究 丛书

主编 曹顺庆

三编 第 **19** 册

欧美文学论稿（上）

张叉、张顺赴、杨尚雨 著

花木兰文化事业有限公司

国家图书馆出版品预行编目资料

欧美文学论稿（上）／张叉、张顺赴、杨尚雨 著 —— 初版 ——
新北市：花木兰文化事业有限公司，2024〔民 113〕
目 2+130 面；19×26 公分
（比较文学与世界文学研究丛书 三编 第 19 册）
ISBN 978-626-344-818-6（精装）

1.CST：西洋文学 2.CST：文学评论

810.8 113009375

ISBN-978-626-344-818-6

9 786263 448186

比较文学与世界文学研究丛书
三编 第十九册 ISBN：978-626-344-818-6

欧美文学论稿（上）

作　　者 张叉、张顺赴、杨尚雨
主　　编 曹顺庆
企　　划 四川大学双一流学科暨比较文学研究基地
总 编 辑 杜洁祥
副总编辑 杨嘉乐
编辑主任 许郁翎
编　　辑 潘玟静、蔡正宣　美术编辑 陈逸婷
出　　版 花木兰文化事业有限公司
发 行 人 高小娟
联络地址 台湾 235 新北市中和区中安街七二号十三楼
　　　　　电话：02-2923-1455／传真：02-2923-1452
网　　址 http://www.huamulan.tw 信箱 service@huamulans.com
印　　刷 普罗文化出版广告事业
初　　版 2024 年 9 月
定　　价 三编 26 册（精装）新台币 70,000 元

欧美文学论稿(上)

张叉、张顺赴、杨尚雨 著

作者简介

张叉，一九六五年生，男，四川盐亭人，四川大学比较文学与世界文学博士，四川师范大学文学院教授，四川省比较文学研究基地兼职研究员，国家社会科学基金项目评审专家，中国社会科学评价研究院 A 刊评价同行评议专家，教育部学位论文质量监测专家，四川师范大学文学院博士研究生副导师，四川师范大学文学院、外国语学院硕士研究生导师，四川师范大学文学院比较文学与世界文学学位授权点负责人，四川师范大学外国语文研究所第二任所长，四川师范大学外国语言文学一级学科硕士点建设专家委员会第一任主任，四川师范大学第八届学位委员会外国语学院分学位委员会主席，成都市武侯区作家协会主席，学术集刊《外国语文论丛》《比较文学与世界文学研究》主编。

张顺赴，一九四五年生，男，四川成都人，复旦大学英语语言文学硕士，四川师范大学外国语学院副教授，主要从事莎士比亚戏剧、美国现代戏剧等研究。

杨尚雨，一九九九年生，男，河北保定人，四川师范大学文学院 2021 级比较文学与世界文学硕士，四川师范大学 2024 届优秀毕业研究生，主要从事比较文学研究。

提　　要

本书是一部关于英国、法国、德国、俄国、西班牙、美国等欧美国家文学研究的学术著作。著作由《威廉·华兹华斯的自然观刍议》《威廉·华兹华斯的社会观探究》《威廉·华兹华斯的文学题材简析》《托马斯·哈代诗歌刍论》《戴维·赫伯特·劳伦斯的"激情现实主义"初探》《别开生面的美国当代幽默家加利生·凯勒》《约翰·厄普代克的小说风格浅论》《艾米莉·狄金森诗歌简朴的深义》《列夫·托尔斯泰思想的矛盾性》《谢尔盖·卢基扬年科〈创世草案〉中的莫斯科——彼得堡隐喻》《偷食禁果神话背后的刻意过失情节及其延伸》《中式法国段子的文学成因及意义》《〈庄子〉"浑沌之死"与〈堂吉诃德〉"头脑灵清"》十三篇文章组成，结构清晰，立论明确，资料丰富，引用得体，语言流畅，具有一定的学术价值。

比较文学的中国路径

曹顺庆

自德国作家歌德提出"世界文学"观念以来，比较文学已经走过近二百年。比较文学研究也历经欧洲阶段、美洲阶段而至亚洲阶段，并在每一阶段都形成了独具特色学科理论体系、研究方法、研究范围及研究对象。中国比较文学研究面对东西文明之间不断加深的交流和碰撞现况，立足中国之本，辩证吸纳四方之学，而有了如今欣欣向荣之景象，这套丛书可以说是应运而生。本丛书尝试以开放性、包容性分批出版中国比较文学学者研究成果，以观中国比较文学学术脉络、学术理念、学术话语、学术目标之概貌。

一、百年比较文学争讼之端——比较文学的定义

什么是比较文学？常识告诉我们：比较文学就是文学比较。然而当今中国比较文学教学实际情况却并非完全如此。长期以来，中国学术界对"什么是比较文学？"却一直说不清，道不明。这一最基本的问题，几乎成为学术界纠缠不清、莫衷一是的陷阱，存在着各种不同的看法。其中一些看法严重误导了广大学生！如果不辨析这些严重误导了广大学生的观点，是不负责任、问心有愧的。恰如《文心雕龙·序志》说"岂好辩哉，不得已也"，因此我不得不辩。

其中一个极为容易误导学生的说法，就是"比较文学不是文学比较"。目前，一些教科书郑重其事地指出：比较文学不是文学比较。认为把"比较"与"文学"联系在一起，很容易被人们理解为用比较的方法进行文学研究的意思。并进一步强调，比较文学并不等于文学比较，并非任何运用比较方法来进行的比较研究都是比较文学。这种误导学生的说法几乎成为一个定论，

一个基本常识，其实，这个看法是不完全准确的。

让我们来看看一些具体例证，请注意，我列举的例证，对事不对人，因而不提及具体的人名与书名，请大家理解。在 Y 教授主编的教材中，专门设有一节以"比较文学不是文学比较"为题的内容，其中指出"比较文学界面临的最大的困惑就是把'比较文学'误读为'文学比较'"，在高等院校进行比较文学课程教学时需要重点强调"比较文学不是文学比较"。W 教授主编的教材也称"比较文学不是文学的比较"，因为"不是所有用比较的方法来研究文学现象的都是比较文学"。L 教授在其所著教材专门谈到"比较文学不等于文学比较"，因为，"比较"已经远远超出了一般方法论的意义，而具有了跨国家与民族、跨学科的学科性质，认为将比较文学等同于文学比较是以偏概全的。"J 教授在其主编的教材中指出，"比较文学并不等于文学比较"，并以美国学派雷马克的比较文学定义为根据，论证比较文学的"比较"是有前提的，只有在地域观念上跨越打通国家的界限，在学科领域上跨越打通文学与其他学科的界限，进行的比较研究才是比较文学。在 W 教授主编的教材中，作者认为，"若把比较文学精神看作比较精神的话，就是犯了望文生义的错误，一百余年来，比较文学这个名称是名不副实的。"

从列举的以上教材我们可以看出，首先，它们在当下都仍然坚持"比较文学不是文学比较"这一并不完全符合整个比较文学学科发展事实的观点。如果认为一百余年来，比较文学这个名称是名不副实的，所有的比较文学都不是文学比较，那是大错特错！其次，值得注意的是，这些教材在相关叙述中各自的侧重点还并不相同，存在着不同程度、不同方面的分歧。这样一来，错误的观点下多样的谬误解释，加剧了学习者对比较文学学科性质的错误把握，使得学习者对比较文学的理解愈发困惑，十分不利于比较文学方法论的学习、也不利于比较文学学科的传承和发展。当今中国比较文学教材之所以普遍出现以上强作解释，不完全准确的教科书观点，根本原因还是没有仔细研究比较文学学科不同阶段之史实，甚至是根本不清楚比较文学不同阶段的学科史实的体现。

实际上，早期的比较文学"名"与"实"的确不相符合，这主要是指法国学派的学科理论，但是并不包括以后的美国学派及中国学派的学科理论，如果把所有阶段的学科理论一锅煮，是不妥当的。下面，我们就从比较文学学科发展的史实来论证这个问题。"比较文学不是文学比较""comparative literature is not literary comparison"，只是法国学派提出的比较文学口号，只是法国学派一派的主张，而不是整个比较文学学科的基本特征。我们不能够把这个阶段性的比较文学口号扩大化，甚至让其突破时空，用于描述比较文学所有的阶段和学派，更不能够使其"放之四海而皆准"。

法国学派提出"比较文学不是文学比较"，这个"比较"（comparison）是他们坚决反对的！为什么呢，因为他们要的不是文学"比较"（literary comparison），而是文学"关系"（literary relationship），具体而言，他们主张比较文学是实证的国际文学关系，是不同国家文学的影响关系，influences of different literatures，而不是文学比较。

法国学派为什么要反对"比较"（comparison），这与比较文学第一次危机密切相关。比较文学刚刚在欧洲兴起时，难免泥沙俱下，乱比的情形不断出现，暴露了多种隐患和弊端，于是，其合法性遭到了学者们的质疑：究竟比较文学的科学性何在？意大利著名美学大师克罗齐认为，"比较"（comparison）是各个学科都可以应用的方法，所以，"比较"不能成为独立学科的基石。学术界对于比较文学公然的质疑与挑战，引起了欧洲比较文学学者的震撼，到底比较文学如何"比较"才能够避免"乱比"？如何才是科学的比较？

难能可贵的是，法国学者对于比较文学学科的科学性进行了深刻的的反思和探索，并提出了具体的应对的方法：法国学派采取壮士断臂的方式，砍掉"比较"（comparison），提出比较文学不是文学比较（comparative literature is not literary comparison），或者说砍掉了没有影响关系的平行比较，总结出了只注重文学关系（literary relationship）的影响（influences）研究方法论。法国学派的创建者之一基亚指出，比较文学并不是比较。比较不过是一门名字没取好的学科所运用的一种方法……企图对它的性质下一个严格的定义可能是徒劳的。基亚认为：比较文学不是平行比较，而仅仅是文学关系史。以"文学关系"为比较文学研究的正宗。为什么法国学派要反对比较？或者说为什么法国学派要提出"比较文学不是文学比较"，因为法国学派认为"比较"（comparison）实际上是乱比的根源，或者说"比较"是没有可比性的。正如巴登斯佩哲指出："仅仅对两个不同的对象同时看上一眼就作比较，仅仅靠记忆和印象的拼凑，靠一些主观臆想把可能游移不定的东西扯在一起来找点类似点，这样的比较决不可能产生论证的明晰性"。所以必须抛弃"比较"。只承认基于科学的历史实证主义之上的文学影响关系研究（based on scientificity and positivism and literary influences.）。法国学派的代表学者卡雷指出：比较文学是实证性的关系研究："比较文学是文学史的一个分支：它研究拜伦与普希金、歌德与卡莱尔、瓦尔特·司各特与维尼之间，在属于一种以上文学背景的不同作品、不同构思以及不同作家的生平之间所曾存在过的跨国度的精神交往与实际联系。"正因为法国学者善于独辟蹊径，敢于提出"比较文学不是文学比较"，甚至完全抛弃比较（comparison），以防止"乱比"，才形成了一套建立在"科学"实证性为基础的、以影响关系为特征的"不比较"的比较文学学科理论体系，这终于挡住了克罗齐等人对比较文学"乱比"的批判，形成了以"科学"实证为特征的文学影响关系研究，确立了法国学派的学科理论和一整套方法论体系。当然，法国学派悍然砍掉比较研究，又不放弃"比较文学"这个名称，于是不可避免地出现了比较文学名不副实的尴尬现象，出现了打着比较文学名号，而又不比较的法国学派学科理论，这才是问题的关键。

当然，法国学派提出"比较文学不是文学比较"，只注重实证关系而不注重文学比较和文学审美，必然会引起比较文学的危机。这一危机终于由美国著名比较文学家韦勒克（René Wellek）在 1958 年国际比较文学协会第二次大会上明确揭示出来了。在这届年会上，韦勒克作了题为《比较文学的危机》的挑战性发言，对"不比较"的法国学派进行了猛烈批判，宣告了倡导平行比较和注重文学审美的比较文学美国学派的诞生。韦勒克作了题为《比较文学的危机》的挑战性发言，对当时一统天下的法国学派进行了猛烈批判，宣告了比较文学美国学派的诞生。韦勒克说："我认为，内容和方法之间的人为界线，渊源和影响的机械主义概念，以及尽管是十分慷慨的但仍属文化民族主义的动机，是比较文学研究中持久危机的症状。"韦勒克指出："比较也不能仅仅局限在历史上的事实联系中，正如最近语言学家的经验向文学研究者表明的那样，比较的价值既存在于事实联系的影响研究中，也存在于毫无历史关系的语言现象或类型的平等对比中。"很明显，韦勒克提出了比较文学就是要比较（comparison），就是要恢复巴登斯佩哲所讽刺和抛弃的"找点类似点"的平行比较研究。美国著名比较文学家雷马克（Henry Remak）在他的著名论文《比较文学的定义与功用》中深刻地分析了法国学派为什么放弃"比较"（comparison）的原因和本质。他分析说："法国比较文学否定'纯粹'的比较（comparison），它忠实于十九世纪实证主义学术研究的传统，即实证主义所坚持并热切期望的文学研究的'科学性'。按照这种观点，纯粹的类比不会得出任何结论，尤其是不能得出有更大意义的、系统的、概括性的结论。……既然值得尊重的科学必须致力于因果关系的探索，而比较文学必须具有科学性，因此，比较文学应该研究因果关系，即影响、交流、变更等。"雷马克进一步尖锐地指出，"比较文学"不是"影响文学"。只讲影响不要比较的"比较文学"，当然是名不副实的。显然，法国学派抛弃了"比较"（comparison），但是仍然带着一顶"比较文学"的帽子，才造成了比较文学"名"与"实"不相符合，造成比较文学不比较的尴尬，这才是问题的关键。

美国学派最大的贡献，是恢复了被法国学派所抛弃的比较文学应有的本义——"比较"（The American school went back to the original sense of comparative literature ——"comparison"），美国学派提出了标志其学派学科理论体系的平行比较和跨学科比较："比较文学是一国文学与另一国或多国文学的比较，是文学与人类其他表现领域的比较。"显然，自从美国学派倡导比较文学应当比较（comparison）以后，比较文学就不再有名与实不相符合的问题了，我们就不应当再继续笼统地说"比较文学不是文学比较"了，不应当再以"比较文学不是文学比较"来误导学生！更不可以说"一百余年来，比较文学这个名称是名不副实的。"不能够将雷马克的观点也强行解释为"比较文学不是比较"。因为在美国学派看来，比较文学就是要比较（comparison）。比较文学就是要恢复被巴登斯佩哲所讽刺和抛弃的"找点类似点"的平行比较研究。因为平行研究的可比性，正是类同性。正如韦勒克所说，"比较的价值既存在于事实联系的影响研究中，也存在于毫无历史关系的语言现象或类型的平等对比中。"恢复平行比较研究、跨学科研究，形成了以"找点类似点"的平行研究和跨学科研究为特征的比较文学美国学派学科理论和方法论体系。美国学派的学科理论以"类型学"、"比较诗学"、"跨学科比较"为主，并拓展原属于影响研究的"主题学"、"文类学"等领域，大大扩展比较文学研究领域。

二、比较文学的三个阶段

下面，我们从比较文学的三个学科理论阶段，进一步剖析比较文学不同阶段的学科理论特征。现代意义上的比较文学学科发展以"跨越"与"沟通"为目标，形成了类似"层叠"式、"涟漪"式的发展模式，经历了三个重要的学科理论阶段，即：

一、欧洲阶段，比较文学的成形期；二、美洲阶段，比较文学的转型期；三、亚洲阶段，比较文学的拓展期。我们将比较文学三个阶段的发展称之为"涟漪式"结构，实际上是揭示了比较文学学科理论的继承与创新的辩证关系：比较文学学科理论的发展，不是以新的理论否定和取代先前的理论，而是层叠式、累进式地形成"涟漪"式的包容性发展模式，逐步积累推进。比较文学学科理论发展呈现为层叠式、"涟漪"式、包容式的发展模式。我们把这个模式描绘如下：

法国学派主张比较文学是国际文学关系，是不同国家文学的影响关系。形成学科理论第一圈层：比较文学——影响研究；美国学派主张恢复平行比较，形成学科理论第二圈层：比较文学——影响研究＋平行研究＋跨学科研究；中国学派提出跨文明研究和变异研究，形成学科理论第三圈层：比较文学——影响研究＋平行研究＋跨学科研究＋跨文明研究＋变异研究。这三个圈层并不互相排斥和否定，而是继承和包容。我们将比较文学三个阶段的发展称之为层叠式、"涟漪"式、包容式结构，实际上是揭示了比较文学学科理论的继承与创新的辩证关系。

法国学派提出，可比性的第一个立足点是同源性，由关系构成的同源性。同源性主要是针对影响关系研究而言的。法国学派将同源性视作可比性的核心，认为影响研究的可比性是同源性。所谓同源性，指的是通过对不同国家、不同民族和不同语言的文学的文学关系研究，寻求一种有事实联系的同源关系，这种影响的同源关系可以通过直接、具体的材料得以证实。同源性往往建立在一条可追溯关系的三点一线的"影响路线"之上，这条路线由发送者、接受者和传递者三部分构成。如果没有相同的源流，也就不可能有影响关系，也就谈不上可比性，这就是"同源性"。以渊源学、流传学和媒介学作为研究的中心，依靠具体的事实材料在国别文学之间寻求主题、题材、文体、原型、思想渊源等方面的同源影响关系。注重事实性的关联和渊源性的影响，并采用严谨的实证方法，重视对史料的搜集和求证，具有重要的学术价值与学术意义，仍然具有广阔的研究前景。渊源学的例子：杨宪益，《西方十四行诗的渊源》。

比较文学学科理论的第二阶段在美洲，第二阶段是比较文学学科理论的转型期。从 20 世纪 60 年代以来，比较文学研究的主要阵地逐渐从法国转向美国，平行研究的可比性是什么？是类同性。类同性是指是没有文学影响关系的不同国家文学所表现出的相似和契合之处。以类同性为基本立足点的平行研究与影响研究一样都是超出国界的文学研究，但它不涉及影响关系研究的放送、流传、媒介等问题。平行研究强调不同国家的作家、作品、文学现象的类同比较，比较结果是总结出于文学作品的美学价值及文学发展具有规律性的东西。其比较必须具有可比性，这个可比性就是类同性。研究文学中类同的：风格、结构、内容、形式、流派、情节、技巧、手法、情调、形象、主题、文类、文学思潮、文学理论、文学规律。例如钱钟书《通感》认为，中国诗文有一种描写手法，古代批评家和修辞学家似乎都没有拈出。宋祁《玉楼春》词有句名句："红杏枝头春意闹。"这与西方的通感描写手法可以比较。

比较文学的又一次危机：比较文学的死亡

九十年代，欧美学者提出，比较文学作为一门学科已经死亡！最早是英国学者苏珊·巴斯奈特 1993 年她在《比较文学》一书中提出了比较文学的死亡论，认为比较文学作为一门学科，在某种意义上已经死亡。尔后，美国学者斯皮瓦克写了一部比较文学专著，书名就叫《一个学科的死亡》。为什么比较文学会死亡，斯皮瓦克的书中并没有明确回答！为什么西方学者会提出比较文学死亡论？全世界比较文学界都十分困惑。我们认为，20 世纪 90 年代以来，欧美比较文学继"理论热"之后，又出现了大规模的"文化转向"。脱离了比较文学的基本立场。首先是不比较，即不讲比较文学的可比性问题。西方比较文学研究充斥大量的 Culture Studies（文化研究），已经不考虑比较的合理性，不考虑比较文学的可比性问题。第二是不文学，即不关心文学问题。西方学者热衷于文化研究，关注的已经不是文学性，而是精神分析、政治、性别、阶级、结构等等。最根本的原因，是比较文学学科长期囿于西方中心论，有意无意地回避东西方不同文明文学的比较问题，基本上忽略了学科理论的新生长点，比较文学学科理论缺乏创新，严重忽略了比较文学的差异性和变异性。

要克服比较文学的又一次危机，就必须打破西方中心论，克服比较文学学科理论一味求同的比较文学学科理论模式，提出适应当今全球化比较文学研究的新话语。中国学派，正是在此次危机中，提出了比较文学变异学研究，总结出了新的学科理论话语和一套新的方法论。

中国大陆第一部比较文学概论性著作是卢康华、孙景尧所著《比较文学导论》，该书指出："什么是比较文学？现在我们可以借用我国学者季羡林先生的解释来回答了：'顾名思义，比较文学就是把不同国家的文学拿出来比较，这可以说是狭义的比较文学。广义的比较文学是把文学同其他学科来比较，包括人文科学和社会科学'。"[1]这个定义可以说是美国雷马克定义的翻版。不过，该书又接着指出："我们认为最精炼易记的还是我国学者钱钟书先生的说法：'比较文学作为一门专门学科，则专指跨越国界和语言界限的文学比较'。更具体地说，就是把不同国家不同语言的文学现象放在一起进行比较，研究他们在文艺理论、文学思潮，具体作家、作品之间的互相影响。"[2]这个定义似乎更接近法国学派的定义，没有强调平行比较与跨学科比较。紧接该书之后的教材是陈挺的《比较文学简编》，该书仍旧以"广义"与"狭义"来解释比较文学的定义，指出："我们认为，通常说的比较文学是狭义的，即指超越国家、民族和语言界限的文学研究……广义的比较文学还可以包括文学与其他艺术（音乐、绘画等）与其他意识形态（历史、哲学、政治、宗教等）之间的相互关系的研究。"[3]中国比较文学早期对于比较文学的定义中凸显了很强的不确定性。

由乐黛云主编，高等教育出版社 1988 年的《中西比较文学教程》，则对比较文学定义有了较为深入的认识，该书在详细考查了中外不同的定义之后，该书指出："比较文学不应受到语言、民族、国家、学科等限制，而要走向一种开放性，力图寻求世界文学发展的共同规律。"[4]"世界文学"概念的纳入极大拓宽了比较文学的内涵，为"跨文化"定义特征的提出做好了铺垫。

随着时间的推移，学界的认识逐步深化。1997 年，陈惇、孙景尧、谢天振主编的《比较文学》提出了自己的定义："把比较文学看作跨民族、跨语言、跨文化、跨学科的文学研究，更符合比较文学的实质，更能反映现阶段人们对于比较文学的认识。"[5]2000 年北京师范大学出版社出版了《比较文学概论》修订本，提出："什么是比较文学呢？比较文学是一种开放式的文学研究，它具有宏观的视野和国际的角度，以跨民族、跨语言、跨文化、跨学科界限的各种文学关系为研究对象，在理论和方法上，具有比较的自觉意识和兼容并包的特色。"[6]这是我们目前所看到的国内较有特色的一个定义。

---

1 卢康华、孙景尧著《比较文学导论》，黑龙江人民出版社 1984，第 15 页。
2 卢康华、孙景尧著《比较文学导论》，黑龙江人民出版社 1984 年版。
3 陈挺《比较文学简编》，华东师范大学出版社 1986 年版。
4 乐黛云主编《中西比较文学教程》，高等教育出版社 1988 年版。
5 陈惇、孙景尧、谢天振主编《比较文学》，高等教育出版社 1997 年版。
6 陈惇、刘象愚《比较文学概论》，北京师范大学出版社 2000 年版。

具有代表性的比较文学定义是 2002 年出版的杨乃乔主编的《比较文学概论》一书，该书的定义如下："比较文学是以跨民族、跨语言、跨文化与跨学科为比较视域而展开的研究，在学科的成立上以研究主体的比较视域为安身立命的本体，因此强调研究主体的定位，同时比较文学把学科的研究客体定位于民族文学之间与文学及其他学科之间的三种关系：材料事实关系、美学价值关系与学科交叉关系，并在开放与多元的文学研究中追寻体系化的汇通。"[7]方汉文则认为："比较文学作为文学研究的一个分支学科，它以理解不同文化体系和不同学科间的同一性和差异性的辩证思维为主导，对那些跨越了民族、语言、文化体系和学科界限的文学现象进行比较研究，以寻求人类文学发生和发展的相似性和规律性。"[8]由此而引申出的"跨文化"成为中国比较文学学者对于比较文学定义所做出的历史性贡献。

我在《比较文学教程》中对比较文学定义表述如下："比较文学是以世界性眼光和胸怀来从事不同国家、不同文明和不同学科之间的跨越式文学比较研究。它主要研究各种跨越中文学的同源性、变异性、类同性、异质性和互补性，以影响研究、变异研究、平行研究、跨学科研究、总体文学研究为基本方法论，其目的在于以世界性眼光来总结文学规律和文学特性，加强世界文学的相互了解与整合，推动世界文学的发展。"[9]在这一定义中，我再次重申"跨国""跨学科""跨文明"三大特征，以"变异性""异质性"突破东西文明之间的"第三堵墙"。

"首在审己，亦必知人"。中国比较文学学者在前人定义的不断论争中反观自身，立足中国经验、学术传统，以中国学者之言为比较文学的危机处境贡献学科转机之道。

三、两岸共建比较文学话语——比较文学中国学派

中国学者对于比较文学定义的不断明确也促成了"比较文学中国学派"的生发。得益于两岸几代学者的垦拓耕耘，这一议题成为近五十年来中国比较文学发展中竖起的最鲜明、最具争议性的一杆大旗，同时也是中国比较文学学科理论研究最有创新性，最亮丽的一道风景线。

---

7 杨乃乔主编《比较文学概论》，北京大学出版社 2002 年版。
8 方汉文《比较文学基本原理》，苏州大学出版社 2002 年版。
9 曹顺庆《比较文学教程》，高等教育出版社 2006 年版。

比较文学"中国学派"这一概念所蕴含的理论的自觉意识最早出现的时间大约是 20 世纪 70 年代。当时的台湾由于派出学生留洋学习，接触到大量的比较文学学术动态，率先掀起了中外文学比较的热潮。1971 年 7 月在台湾淡江大学召开的第一届"国际比较文学会议"上，朱立元、颜元叔、叶维廉、胡辉恒等学者在会议期间提出了比较文学的"中国学派"这一学术构想。同时，李达三、陈鹏翔（陈慧桦）、古添洪等致力于比较文学中国学派早期的理论催生。如 1976 年，古添洪、陈慧桦出版了台湾比较文学论文集《比较文学的垦拓在台湾》。编者在该书的序言中明确提出："我们不妨大胆宣言说，这援用西方文学理论与方法并加以考验、调整以用之于中国文学的研究，是比较文学中的中国派"[10]。这是关于比较文学中国学派较早的说明性文字，尽管其中提到的研究方法过于强调西方理论的普世性，而遭到美国和中国大陆比较文学学者的批评和否定；但这毕竟是第一次从定义和研究方法上对中国学派的本质进行了系统论述，具有开拓和启明的作用。后来，陈鹏翔又在台湾《中外文学》杂志上连续发表相关文章，对自己提出的观点作了进一步的阐释和补充。

在"中国学派"刚刚起步之际，美国学者李达三起到了启蒙、催生的作用。李达三于 60 年代来华在台湾任教，为中国比较文学培养了一批朝气蓬勃的生力军。1977 年 10 月，李达三在《中外文学》6 卷 5 期上发表了一篇宣言式的文章《比较文学中国学派》，宣告了比较文学的中国学派的建立，并认为比较文学中国学派旨在"与比较文学中早已定于一尊的西方思想模式分庭抗礼。由于这些观念是源自对中国文学及比较文学有兴趣的学者，我们就将含有这些观念的学者统称为比较文学的'中国'学派。"并指出中国学派的三个目标：1、在自己本国的文学中，无论是理论方面或实践方面，找出特具"民族性"的东西，加以发扬光大，以充实世界文学；2、推展非西方国家"地区性"的文学运动，同时认为西方文学仅是众多文学表达方式之一而已；3、做一个非西方国家的发言人，同时并不自诩能代表所有其他非西方的国家。李达三后来又撰文对比较文学研究状况进行了分析研究，积极推动中国学派的理论建设。[11]

继中国台湾学者垦拓之功，在 20 世纪 70 年代末复苏的大陆比较文学研

10 古添洪、陈慧桦《比较文学的垦拓在台湾》，台湾东大图书公司 1976 年版。
11 李达三《比较文学研究之新方向》，台湾联经事业出版公司 1978 年版。

究亦积极参与了"比较文学中国学派"的理论建设和学科建设。

季羡林先生 1982 年在《比较文学译文集》的序言中指出:"以我们东方文学基础之雄厚,历史之悠久,我们中国文学在其中更占有独特的地位,只要我们肯努力学习,认真钻研,比较文学中国学派必然能建立起来,而且日益发扬光大"[12]。1983 年 6 月,在天津召开的新中国第一次比较文学学术会议上,朱维之先生作了题为《比较文学中国学派的回顾与展望》的报告,在报告中他旗帜鲜明地说:"比较文学中国学派的形成(不是建立)已经有了长远的源流,前人已经做出了很多成绩,颇具特色,而且兼有法、美、苏学派的特点。因此,中国学派绝不是欧美学派的尾巴或补充"[13]。1984 年,卢康华、孙景尧在《比较文学导论》中对如何建立比较文学中国学派提出了自己的看法,认为应当以马克思主义作为自己的理论基础,以我国的优秀传统与民族特色为立足点与出发点,汲取古今中外一切有用的营养,去努力发展中国的比较文学研究。同年在《中国比较文学》创刊号上,朱维之、方重、唐弢、杨周翰等人认为中国的比较文学研究应该保持不同于西方的民族特点和独立风貌。1985 年,黄宝生发表《建立比较文学的中国学派:读〈中国比较文学〉创刊号》,认为《中国比较文学》创刊号上多篇讨论比较文学中国学派的论文标志着大陆对比较文学中国学派的探讨进入了实际操作阶段。[14]1988 年,远浩一提出"比较文学是跨文化的文学研究"(载《中国比较文学》1988 年第 3期)。这是对比较文学中国学派在理论特征和方法论体系上的一次前瞻。同年,杨周翰先生发表题为"比较文学:界定'中国学派',危机与前提"(载《中国比较文学通讯》1988 年第 2 期),认为东方文学之间的比较研究应当成为"中国学派"的特色。这不仅打破比较文学中的欧洲中心论,而且也是东方比较学者责无旁贷的任务。此外,国内少数民族文学的比较研究,也应该成为"中国学派"的一个组成部分。所以,杨先生认为比较文学中的大量问题和学派问题并不矛盾,相反有助于理论的讨论。1990 年,远浩一发表"关于'中国学派'"(载《中国比较文学》1990 年第 1 期),进一步推进了"中国学派"的研究。此后直到 20 世纪 90 年代末,中国学者就比较文学中国学派的建立、理论与方法以及相应的学科理论等诸多问题进行了积极而富有成效的探讨。

---

12 张隆溪《比较文学译文集》,北京大学出版社 1984 年版。
13 朱维之《比较文学论文集》,南开大学出版社 1984 年版。
14 参见《世界文学》1985 年第 5 期。

刘介民、远浩一、孙景尧、谢天振、陈淳、刘象愚、杜卫等人都对这些问题付出过不少努力。《暨南学报》1991 年第 3 期发表了一组笔谈，大家就这个问题提出了意见，认为必须打破比较文学研究中长期存在的法美研究模式，建立比较文学中国学派的任务已经迫在眉睫。王富仁在《学术月刊》1991 年第 4 期上发表"论比较文学的中国学派问题"，论述中国学派兴起的必然性。而后，以谢天振等学者为代表的比较文学研究界展开了对"X+Y"模式的批判。比较文学在大陆复兴之后，一些研究者采取了"X+Y"式的比附研究的模式，在发现了"惊人的相似"之后便万事大吉，而不注意中西巨大的文化差异性，成为了浅度的比附性研究。这种情况的出现，不仅是中国学者对比较文学的理解上出了问题，也是由于法美学派研究理论中长期存在的研究模式的影响，一些学者并没有深思中国与西方文学背后巨大的文明差异性，因而形成"X+Y"的研究模式，这更促使一些学者思考比较文学中国学派的问题。

经过学者们的共同努力，比较文学中国学派一些初步的特征和方法论体系逐渐凸显出来。1995 年，我在《中国比较文学》第 1 期上发表《比较文学中国学派基本理论特征及其方法论体系初探》一文，对比较文学在中国复兴十余年来的发展成果作了总结，并在此基础上总结出中国学派的理论特征和方法论体系，对比较文学中国学派作了全方位的阐述。继该文之后，我又发表了《跨越第三堵'墙'创建比较文学中国学派理论体系》等系列论文，论述了以跨文化研究为核心的"中国学派"的基本理论特征及其方法论体系。这些学术论文发表之后在国内外比较文学界引起了较大的反响。台湾著名比较文学学者古添洪认为该文"体大思精，可谓已综合了台湾与大陆两地比较文学中国学派的策略与指归，实可作为'中国学派'在大陆再出发与实践的蓝图"[15]。

在我撰文提出比较文学中国学派的基本特征及方法论体系之后，关于中国学派的论争热潮日益高涨。反对者如前国际比较文学学会会长佛克马（Douwe Fokkema）1987 年在中国比较文学学会第二届学术讨论会上就从所谓的国际观点出发对比较文学中国学派的合法性提出了质疑，并坚定地反对建立比较文学中国学派。来自国际的观点并没有让中国学者失去建立比较文学中国学派的热忱。很快中国学者智量先生就在《文艺理论研究》1988 年第

---

15 古添洪《中国学派与台湾比较文学界的当前走向》，参见黄维梁编《中国比较文学理论的垦拓》167 页，北京大学出版社 1998 年版。

1 期上发表题为《比较文学在中国》一文，文中援引中国比较文学研究取得的成就，为中国学派辩护，认为中国比较文学研究成绩和特色显著，尤其在研究方法上足以与比较文学研究历史上的其他学派相提并论，建立中国学派只会是一个有益的举动。1991 年，孙景尧先生在《文学评论》第 2 期上发表《为"中国学派"一辩》，孙先生认为佛克马所谓的国际主义观点实质上是"欧洲中心主义"的观点，而"中国学派"的提出，正是为了清除东西方文学与比较文学学科史中形成的"欧洲中心主义"。在 1993 年美国印第安纳大学举行的全美比较文学会议上，李达三仍然坚定地认为建立中国学派是有益的。二十年之后，佛克马教授修正了自己的看法，在 2007 年 4 月的"跨文明对话——国际学术研讨会（成都）"上，佛克马教授公开表示欣赏建立比较文学中国学派的想法[16]。即使学派争议一派繁荣景象，但最终仍旧需要落点于学术创见与成果之上。

比较文学变异学便是中国学派的一个重要理论创获。2005 年，我正式在《比较文学学》[17]中提出比较文学变异学，提出比较文学研究应该从"求同"思维中走出来，从"变异"的角度出发，拓宽比较文学的研究。通过前述的法、美学派学科理论的梳理，我们也可以发现前期比较文学学科是缺乏"变异性"研究的。我便从建构中国比较文学学科理论话语体系入手，立足《周易》的"变异"思想，建构起"比较文学变异学"新话语，力图以中国学者的视角为全世界比较文学学科理论提供一个新视角、新方法和新理论。

比较文学变异学的提出根植于中国哲学的深层内涵，如《周易》之"易之三名"所构建的"变易、简易、不易"三位一体的思辨意蕴与意义生成系统。具体而言，"变易"乃四时更替、五行运转、气象畅通、生生不息；"不易"乃天上地下、君南臣北、纲举目张、尊卑有位；"简易"则是乾以易知、坤以简能、易则易知、简则易从。显然，在这个意义结构系统中，变易强调"变"，不易强调"不变"，简易强调变与不变之间的基本关联。万物有所变，有所不变，且变与不变之间存在简单易从之规律，这是一种思辨式的变异模式，这种变异思维的理论特征就是：天人合一、物我不分、对立转化、整体关联。这是中国古代哲学最重要的认识论，也是与西方哲学所不同的"变异"思想。

---

16 见《比较文学报》2007 年 5 月 30 日，总第 43 期。
17 曹顺庆《比较文学学》，四川大学出版社 2005 年版。

由哲学思想衍生于学科理论，比较文学变异学是"指对不同国家、不同文明的文学现象在影响交流中呈现出的变异状态的研究，以及对不同国家、不同文明的文学相互阐发中出现的变异状态的研究。通过研究文学现象在影响交流以及相互阐发中呈现的变异，探究比较文学变异的规律。"[18]变异学理论的重点在求"异"的可比性，研究范围包含跨国变异研究、跨语际变异研究、跨文化变异研究、跨文明变异研究、文学的他国化研究等方面。比较文学变异学所发现的文化创新规律、文学创新路径是基于中国所特有的术语、概念和言说体系之上探索出的"中国话语"，作为比较文学第三阶段中国学派的代表性理论已经受到了国际学界的广泛关注与高度评价，中国学术话语产生了世界性影响。

四、国际视野中的中国比较文学

文明之墙让中国比较文学学者所提出的标识性概念获得国际视野的接纳、理解、认同以及运用，经历了跨语言、跨文化、跨文明的多重关卡，国际视野下的中国比较文学书写亦经历了一个从"遍寻无迹""只言片语"而"专篇专论"，从最初的"话语乌托邦"至"阶段性贡献"的过程。

二十世纪六十年代以来港台学者致力于从课程教学、学术平台、人才培养，国内外学术合作等方面巩固比较文学这一新兴学科的建立基石，如淡江文理学院英文系开设的"比较文学"（1966），香港大学开设的"中西文学关系"（1966）等课程；台湾大学外文系主编出版之《中外文学》月刊、淡江大学出版之《淡江评论》季刊等比较文学研究专刊；后又有台湾比较文学学会（1973 年）、香港比较文学学会（1978）的成立。在这一系列的学术环境构建下，学者前贤以"中国学派"为中国比较文学话语核心在国际比较文学学科理论、方法论中持续探讨，率先启声。例如李达三在 1980 年香港举办的东西方比较文学学术研讨会成果中选取了七篇代表性文章，以 *Chinese-Western Comparative Literature: Theory and Strategy* 为题集结出版，[19]并在其结语中附上那篇"中国学派"宣言文章以申明中国比较文学建立之必要。

学科开山之际，艰难险阻之巨难以想象，但从国际学者相关言论中可见西方对于中国比较文学学科的发展抱有的希望渺小。厄尔·迈纳（Earl Miner）

---

18 曹顺庆主编《比较文学概论》，高等教育出版社 2015 年版。
19 *Chinese-Western Comparative Literature：Theory & Strategy*，Chinese Univ Pr.1980-6

在 1987 年发表的 *Some Theoretical and Methodological Topics for Comparative Literature* 一文中谈到当时西方的比较文学鲜有学者试图将非西方材料纳入西方的比较文学研究中。（until recently there has been little effort to incorporate non-Western evidence into Western com- parative study.）1992 年，斯坦福大学教授 David Palumbo-Liu 直接以《话语的乌托邦：论中国比较文学的不可能性》为题（*The Utopias of Discourse: On the Impossibility of Chinese Comparative Literature*）直言中国比较文学本质上是一项"乌托邦"工程。（My main goal will be to show how and why the task of Chinese comparative literature, particularly of pre-modern literature, is essentially a *utopian* project.）这些对于中国比较文学的诘难与质疑，今美国加州大学圣地亚哥分校文学系主任张英进教授在其 1998 编著的 *China in a polycentric world: essays in Chinese comparative literature* 前言中也不得不承认中国比较文学研究在国际学术界中仍然处于边缘地位（The fact is, however, that Chinese comparative literature remained marginal in academia, even though it has developed closely with the rest of literary studies in the United Stated and even though China has gained increasing importance in the geopolitical world order over the past decades.）。[20]但张英进教授也展望了下一个千年中国比较文学研究的蓝景。

新的千年新的气象，"世界文学""全球化"等概念的冲击下，让西方学者开始注意到东方，注意到中国。如普渡大学教授斯蒂文·托托西（Tötösy de Zepetnek, Steven）1999 年发长文 *From Comparative Literature Today Toward Comparative Cultural Studies* 阐明比较文学研究更应该注重文化的全球性、多元性、平等性而杜绝等级划分的参与。托托西教授注意到了在法德美所谓传统的比较文学研究重镇之外，例如中国、日本、巴西、阿根廷、墨西哥、西班牙、葡萄牙、意大利、希腊等地区，比较文学学科得到了出乎意料的发展（emerging and developing strongly）。在这篇文章中，托托西教授列举了世界各地比较文学研究成果的著作，其中中国地区便是北京大学乐黛云先生出版的代表作品。托托西教授精通多国语言，研究视野也常具跨越性，新世纪以来也致力于以跨越性的视野关注世界各地比较文学研究的动向。[21]

---

20 Moran T . Yingjin Zhang, Ed. China in a Polycentric World: Essays in Chinese Comparative Literature[J].现代中文文学学报,2000,4(1):161-165.

21 Tötösy de Zepetnek, Steven. "From Comparative Literature Today Toward Comparative Cultural Studies." CLCWeb: Comparative Literature and Culture 1.3 (1999):

以上这些国际上不同学者的声音一则质疑中国比较文学建设的可能性，一则观望着这一学科在非西方国家的复兴样态。争议的声音不仅在国际学界，国内学界对于这一新兴学科的全局框架中涉及的理论、方法以及学科本身的立足点，例如前文所说的比较文学的定义，中国学派等等都处于持久论辩的漩涡。我们也通晓如果一直处于争议的漩涡中，便会被漩涡所吞噬，只有将论辩化为成果，才能转漩涡为涟漪，一圈一圈向外辐射，国际学人也在等待中国学者自己的声音。

上海交通大学王宁教授作为中国比较文学学者的国际发声者自 20 世纪末至今已撰文百余篇，他直言，全球化给西方学者带来了学科死亡论，但是中国比较文学必将在这全球化语境中更为兴盛，中国的比较文学学者一定会对国际文学研究做出更大的贡献。新世纪以来中国学者也不断地将自身的学科思考成果呈现在世界之前。2000 年，北京大学周小仪教授发文（*Comparative Literature in China*）[22]率先从学科史角度构建了中国比较文学在两个时期（20 世纪 20 年代至 50 年代，70 年代至 90 年代）的发展概貌，此文关于中国比较文学的复兴崛起是源自中国文学现代性的产生这一观点对美国芝加哥大学教授苏源熙（Haun Saussy）影响较深。苏源熙在 2006 年的专著 *Comparative Literature in an Age of Globalization* 中对于中国比较文学的讨论篇幅极少，其中心便是重申比较文学与中国文学现代性的联系。这篇文章也被哈佛大学教授大卫·达姆罗什（David Damrosch）收录于《普林斯顿比较文学资料手册》（*The Princeton Sourcebook in Comparative Literature*，2009[23]）。类似的学科史介绍在英语世界与法语世界都接续出现，以上大致反映了中国学者对于中国比较文学研究的大概描述在西学界的接受情况。学科史的构架对于国际学术对中国比较文学发展脉络的把握很有必要，但是在此基础上的学科理论实践才是关系于中国比较文学学科国际性发展的根本方向。

我在 20 世纪 80 年代以来 40 余年间便一直思考比较文学研究的理论构建问题，从以西方理论阐释中国文学而造成的中国文艺理论"失语症"思考

22　Zhou, Xiaoyi and Q.S. Tong, "Comparative Literature in China", Comparative Literature and Comparative Cultural Studies, ed., Totosy de Zepetnek, West Lafayette, Indiana: Purdue University Press, 2003, 268-283.

23　Damrosch, David (EDT)***The Princeton Sourcebook in Comparative Literature***: Princeton University Press

属于中国比较文学自身的学科方法论，从跨异质文化中产生的"文学误读""文化过滤""文学他国化"提出"比较文学变异学"理论。历经 10 年的不断思考，2013 年，我的英文著作：*The Variation Theory of Comparative Literature*（《比较文学变异学》），由全球著名的出版社之一斯普林格（Springer）出版社出版，并在美国纽约、英国伦敦、德国海德堡出版同时发行。*The Variation Theory of Comparative Literature*（《比较文学变异学》）系统地梳理了比较文学法国学派与美国学派研究范式的特点及局限，首次以全球通用的英语语言提出了中国比较文学学科理论新话语："比较文学变异学"。这一新概念、新范畴和新表述，引导国际学术界展开了对变异学的专刊研究（如普渡大学创办刊物《比较文学与文化》2017 年 19 期）和讨论。

欧洲科学院院士、西班牙圣地亚哥联合大学让·莫内讲席教授、比较文学系教授塞萨尔·多明戈斯教授（Cesar Dominguez），及美国科学院院士、芝加哥大学比较文学教授苏源熙（Haun Saussy）等学者合著的比较文学专著（Introducing Comparative literature: New Trends and Applications[24]）高度评价了比较文学变异学。苏源熙引用了《比较文学变异学》（英文版）中的部分内容，阐明比较文学变异学是十分重要的成果。与比较文学法国学派和美国学派形成对比，曹顺庆教授倡导第三阶段理论，即，新奇的、科学的中国学派的模式，以及具有中国学派本身的研究方法的理论创新与中国学派"（《比较文学变异学》（英文版）第 43 页）。通过对"中西文化异质性的"跨文明研究"，曹顺庆教授的看法会更进一步的发展与进步（《比较文学变异学》（英文版）第 43 页），这对于中国文学理论的转化和西方文学理论的意义具有十分重要的价值。（"Another important contribution in the direction of an imparative comparative literature-at least as procedure-is Cao Shunqing's 2013 *The Variation Theory of Comparative Literature*. In contrast to the "French School" and "American School" of comparative Literature, Cao advocates a "third-phrase theory", namely, "a novel and scientific mode of the Chinese school," a "theoretical innovation and systematization of the Chinese school by relying on our *own* methods" (*Variation Theory* 43; emphasis added). From this etic beginning, his proposal moves forward emically by developing a "cross-civilizaional study on the heterogeneity between

---

24 Cesar Dominguez,Haun Saussy,Dario Villanueva Introducing Comparative literature: New Trends and Applications，Routledge,2015

Chinese and Western culture" (43), which results in both the foreignization of Chinese literary theories and the Signification of Western literary theories.）

法国索邦大学（Sorbonne University）比较文学系主任伯纳德·弗朗科（Bernard Franco）教授在他出版的专著（《比较文学：历史、范畴与方法》）*La littératurecomparée: Histoire, domaines, méthodes* 中以专节引述变异学理论，他认为曹顺庆教授提出了区别于影响研究与平行研究的"第三条路"，即"变异理论"，这对应于观点的转变，从"跨文化研究"到"跨文明研究"。变异理论基于不同文明的文学体系相互碰撞为形式的交流过程中以产生新的文学元素，曹顺庆将其定义为"研究不同国家的文学现象所经历的变化"。因此曹顺庆教授提出的变异学理论概述了一个新的方向，并展示了比较文学在不同语言和文化领域之间建立多种可能的桥梁。（Il évoque l'hypothèse d'une troisième voie, la « théorie de la variation », qui correspond à un déplacement du point de vue, de celui des « études interculturelles » vers celui des « études transcivilisationnelles . » Cao Shunqing la définit comme « l'étude des variations subies par des phénomènes littéraires issus de différents pays, avec ou sans contact factuel, en même temps que l'étude comparative de l'hétérogénéité et de la variabilité de différentes expressions littéraires dans le même domaine ».Cette hypothèse esquisse une nouvelle orientation et montre la multiplicité des passerelles possibles que la littérature comparée établit entre domaines linguistiques et culturels différents.）[25]。

美国哈佛大学（Harvard University）厄内斯特·伯恩鲍姆讲席教授、比较文学教授大卫·达姆罗什（David Damrosch）对该专著尤为关注。他认为《比较文学变异学》（英文版）以中国视角呈现了比较文学学科话语的全球传播的有益尝试。曹顺庆教授对变异的关注提供了较为适用的视角，一方面超越了亨廷顿式简单的文化冲突模式，另一方面也跨越了同质性的普遍化。[26]国际学界对于变异学理论的关注已经逐渐从其创新性价值探讨延伸至文学研究，例如斯蒂文·托托西近日在 *Cultura* 发表的（Peripheralities: "Minor" Literatures, Women's Literature, and Adrienne Orosz de Csicser's Novels）一文中便成功地将变异学理论运用于阿德里安·奥罗兹的小说研究中。

---

25 Bernard Franco La littératurecomparée: Histoire, domaines, méthodes，Armand Colin 2016.

26 David Damrosch Comparing the Literatures,Literary Studies in a Global Age,Princeton University Press,2020.

　　国际学界对于比较文学变异学的认可也证实了变异学作为一种普遍性理论提出的初衷，其合法性与适用性将在不同文化的学者实践中巩固、拓展与深化。它不仅仅是跨文明研究的方法，而是一种具有超越影响研究和平行研究，超越西方视角或东方视角的宏大视野、一种建立在文化异质性和变异性基础之上的融汇创生、一种追求世界文学和总体问题最终理想的哲学关怀。

　　以如此篇幅展现中国比较文学之况，是因为中国比较文学研究本就是在各种危机论、唱衰论的压力下，各种质疑论、概念论中艰难前行，不探源溯流难以体察今日中国比较文学研究成果之不易。文明的多样性发展离不开文明之间的交流互鉴。最具"跨文明"特征的比较文学学科更需要文明之间成果的共享、共识、共析与共赏，这是我们致力于比较文学研究领域的学术理想。

　　千里之行，不积跬步无以至，江海之阔，不积细流无以成！如此宏大的一套比较文学研究丛书得承花木兰总编辑杜洁祥先生之宏志，以及该公司同仁之辛劳，中国比较文学学者之鼎力相助，才可顺利集结出版，在此我要衷心向诸君表达感谢！中国比较文学研究仍有一条长远之途需跋涉，期以系列丛书一展全貌，愿读者诸君敬赐高见！

曹顺庆

二零二一年十月二十三日于成都锦丽园

目

次

威廉·华兹华斯的自然观刍议

　　威廉·华兹华斯（William Wordsworth, 1770-1850）最引人注目、最得学术界公认的是他对自然抱有的、特殊的感情了。1779 年 3 月，他进入霍克斯海德语法学校（Hawkshead Grammar School）学习，这所学校坐落于湖区的中心地带，环境幽美，景色迷人。根据史蒂芬·赫伯（Stephen Hebron）编著《威廉·华兹华斯》（*William Wordsworth*）之《大事记》（"Chronology"）记载，华兹华斯一生中有多次外出漫游："1790 年　夏天，他和罗伯特·琼斯一起徒步游览法国和瑞士。"[1]"1793 年……他穿过索尔兹伯里平原，然后和罗伯特·琼斯于北威尔士逗留。"[2]"1798 年……华兹华斯和多萝西离开阿尔福克斯登，参观怀伊谷。华兹华斯创作《廷腾寺》。华兹华斯和柯勒律治的诗歌匿名发表在《抒情歌谣谣》上。本年 9 月，华兹华斯、多萝西和柯勒律治去了德国。华兹华斯和多萝西在高斯拉过冬。华兹华斯开始了《序奏》最早版本的创作。"[3]"1799

1　原文为："1790　In the summer, goes on a walking tour with Robert Jones through France and Switzerland." 详见：Stephen Hebron, *William Wordsworth*, Shanghai: Shanghai Foreign Language Education Press, 2009, p.108.

2　原文为："1793　…He walks across Salisbury Plain then stays with Robert Jones in North Wales." 详见：Stephen Hebron, *William Wordsworth*, Shanghai: Shanghai Foreign Language Education Press, 2009, p.108.

3　原文为："1798　…Wordsworth and Dorophy leave Alfoxden and tour the Wye Valley. Wordsworth writes 'The Tintern Abbey'. Wordsworth's and Coleridge's poetry is published anonymously in Lyrical Ballads. In September, Wordsworth, Dorophy and Coleridge go to Germany. Wordsworth and Dorophy winter at Goslar, and Wordsworth begins earliest version of The Prelude." 详见：Stephen Hebron, *William Wordsworth*, Shanghai: Shanghai Foreign Language Education Press, 2009, p.109.

年……本年 10 月，华兹华斯、柯勒律治和华兹华斯的兄弟约翰游览湖区。"[4]
"1803 年……华兹华斯、多萝西和柯勒律治游览苏格兰。"[5] "1814 年 华滋华斯和玛丽游览苏格兰。"[6] "1820 年 游览欧洲。"[7] "1831 年 华滋华斯和多拉游览苏格兰，见到了瓦尔特·司各特。"[8] "1837 年 游览法国和意大利。"[9] 大凡要全面考察华兹华斯，那是根本无法绕过自然这个问题的。

一、学术界对华兹华斯自然的笼统认识

关于华兹华斯的自然，国内外学术界多有评论。罗经国编注《新编英国文学选读》（*A New Anthology of English Literature*）说他"最著名的是自然诗"[10]，索金梅著《英国文学史》（*A History of British Literature*）说他是"自然诗人"（a nature poet）[11]，张定铨、吴刚编著《新编简明英国文学史》（*A New Concise History of English Literature*）说他是"伟大的自然诗人"（a great poet of nature）[12]，欧阳兰在《英国文学史》中说，他是"最显著的自然派的诗人"[13]。郭群英说他是"伟大的自然诗人"[14]。张伯香说人们把他看作"是自然的顶礼膜拜

4　原文为："1799 …In October, Wordsworth, Coleridge and Wordsworth's brother John tour the Lake District." 详见：Stephen Hebron, *William Wordsworth*, Shanghai: Shanghai Foreign Language Education Press, 2009, p.109.

5　原文为："1803 …Wordsworth, Dorophy and Coleridge tour Scotland." 详见：Stephen Hebron, *William Wordsworth*, Shanghai: Shanghai Foreign Language Education Press, 2009, p.109.

6　原文为："1814 Wordsworth tours Scotland with Mary." 详见：Stephen Hebron, *William Wordsworth*, Shanghai: Shanghai Foreign Language Education Press, 2009, p.110.

7　原文为："1820 Tour of Europe." 详见：Stephen Hebron, *William Wordsworth*, Shanghai: Shanghai Foreign Language Education Press, 2009, p.110.

8　原文为："1831 Wordsworth and Dora tour Scotland and see Walter Scott." 详见：Stephen Hebron, *William Wordsworth*, Shanghai: Shanghai Foreign Language Education Press, 2009, p.110.

9　原文为："1837 Tour of France and Italy." 详见：Stephen Hebron, *William Wordsworth*, Shanghai: Shanghai Foreign Language Education Press, 2009, p.110.

10　*A New Anthology of English Literature*, Volume II, edited and annotated by Luo Jingguo, Beijing: Beijing University Press, 1996, p.5.

11　Suo Jinmei, *A History of British Literature*, Tianjin: Nankai University Press, 2009, p.168.

12　*A New Concise History of English Literature*, compiled by Zhang Dingquan and Wu Gang, Shanghai: Shanghai Foreign Language Education Press, 2002, p.183.

13　欧阳兰，《英国文学史》，北京：京师大学堂文科出版部，1927，第 156 页。

14　Guo Qunying, *British Literature*, Beijing: Foreign Language Teaching and Research Press, p.147.

者"[15]，李劲松说他"常常把精神世界寄托在大自然之中"[16]，波西·比希·雪莱（Percy Bysshe Shelley, 1792-1822）说他是"讴歌自然的诗人"[17]。苏联科学院高尔基世界文学研究所的专家说："在华滋华斯的诗句中，自然是静态、稳定、平稳宁谧的象征，而成为对风云万变的人类社会的一种生动的谴责。"[18]陈嘉著《英国文学史》（*A History of English Literature*）说："华兹华斯不少早期自然诗歌都同诗人的这一观点相联系，那就是，从自然界中比从书本或者其他任何地方学到的东西都还要多。"[19]刘意青、刘灵著《简明英国文学史》（*A Brief History of English Literature*）说："同其他描写大自然的秀丽和大自然给人带来的喜悦不同的是，华兹华斯强调对大自然给人带来的喜悦进行反思并从中获得道德启示。"[20]曾虚白在《英国文学 ABC》中说，"华次兑绥是全世界歌咏自然最可爱、最有思想的诗人的一个"[21]。张则之、李香谷《沃兹沃斯诗集·译者跋》说他"享家庭之乐，耽山水之趣，毕生事业悉托诸吟咏"[22]。"自然诗""自然诗人""自然的顶礼膜拜者"，诸如此类的论述固然是没有问题、站得住脚的，然而就华兹华斯的自然论题而言，却难免浮光掠影，未能深入。华兹华斯的自然观风貌纷繁，内涵丰厚，值得进一步地、详细地加以研究。

二、西方自然诗史上的华兹华斯

文学创作者同自然之间往往有难以割裂的关系。一般来说，"人于自然总

15 *A Course Book of English Literature* (II), compiled by Zhang Boxiang, Ma Jianjun, Wuchang: Wuhan University Press, 1998, p.162.

16 《英国浪漫主义文论》，张玉能主编，《西方文论》，武汉：华中师范大学出版社，2002，第 146 页。

17 雪莱，《致华兹华斯》（1815 年），《雪莱抒情诗全译》，江枫译，长沙：湖南文艺出版社，1996，第 35 页。

18 ［苏联］苏联科学院高尔基世界文学研究所编，《英国文学史》第二卷第一分册，缪灵珠、秦水、蔡文显、廖世健、陈珍广译，北京：人民文学出版社，1984，第101 页。

19 Chen Jia, *A History of English Literature* (Volume III), Beijing: The Commercial Press, 1986, p.15.

20 Liu Yiqing and Liu Ling, *A Brief History of English Literature*, Beijing: Foreign Language Teaching and Research Press, 2008, p.176.

21 曾虚白，《英国文学 ABC》，上海：真善美书社，1928，第 82 页。

22 张则之、李香谷，《译者跋》，《沃兹沃斯诗集》，张则之、李香谷译，北平：建设图书馆，1932，转引自：乔艳，《华兹华斯在中国的影响与接受研究》，四川大学博士论文，2014，第 121 页。

是充满爱与尊敬的感情"[23]，文学创作者尤其是诗人则更常常如此。约翰·克里斯托弗·冯·弗雷德里克·席勒（Johann Christoph Friedrich von Schiller，1759-1805）在《朴素的诗和伤感的诗》中断然说："诗人或则就是自然，或则寻求自然。"[24]瓦尔特·惠特曼（Walt Whitman, 1819-1892）在《我自己之歌》（"Song of Myself"）中坦言："我一味怀抱自然，我允许无所顾忌地述说自然，／以原始的活力，谁也不能阻拦。"[25]但是，从文学史的角度来看，诗人对自然产生爱好并在其作品中倾注较多笔墨加以描绘的情况在文学史上出现较晚。

西方人对自然感兴趣是因为自然可以作为他们活动的背景。古代希腊的抒情诗人萨福（Sappho，约前 612-? ）在诗歌第 97 首中写道：

> 月落星沉
>
> 午夜人寂
>
> 时光流转
>
> 而我独眠[26]

诗歌的前半部分写月，写星，写夜，写声，全是自然之景，是为后半部分服务的。后半部分话锋急转，由景入情，抒发时光飞逝、展转难眠之胸臆，这才算切入正题。欧文·白璧德（1865-1933）在《卢梭与浪漫主义》中写道：

> 当他们全神贯注于自然时，他们所看到的自然是按照他来行动的自然。他们明确地从原始、未开化的大自然中退出来了。"英国绿色的草原和金黄色的山坡，"洛威尔说，"在内眼和外眼看来都是甜美的，而人的手自古以来就一直关心、安慰着它们。"[27]

自然千姿万态、浩瀚深厚，诗人将其兴趣之中心由人事转移到自然，带来了诗歌境界的极大解放，丰富了诗歌创作的题材，使歌咏自然的诗歌呼之即出，描绘人事的诗歌也因之得到较为深广的义蕴。西方文学创作者运用较多笔墨描绘自然的可追溯到古代希腊、罗马时期，萨福在《傍晚之歌》《月亮下去

---

23 席勒著，《朴素的诗和伤感的诗》，蒋孔阳译，伍蠡甫主编，《西方文论选》上卷，上海：上海译文出版社，1979，第 489 页。

24 席勒著，《朴素的诗和伤感的诗》，蒋孔阳译，伍蠡甫主编，《西方文论选》上卷，上海：上海译文出版社，1979，第 489 页。

25 《惠特曼抒情诗选》，李野光译，长沙：湖南文艺出版社，1996，第 3 页。

26 田晓菲编译，《"萨福"：一个欧美文学传统的生成》，北京：生活·读书·新知三联书店，2003，第 205 页。

27 ［美国］欧文·白璧德著，《卢梭与浪漫主义》，孙宜学译，石家庄：河北教育出版社，2003，第 161 页。

了》《月》和《夏》等作品中，普布里乌斯·维吉尔·马洛（Virgil 或 Vergil，拉丁文为 Publius Vergilius Maro，前 70-前 19）在《牧歌》和《农事诗》等作品中，都描写到了自然，且看萨福诗歌第 107 首：

> 太阳向大地
>
> 投下笔直的火，
>
> 一只蟋蟀在翅膀上
>
> 弹奏出尖锐的歌[28]。

古罗马的名流和文艺复兴时期欧洲的名士都认为，城市是商业和政治的天下，乡村则富有饱学之士那种优游闲暇的情调。在西方文学史上，描写自然的诗歌逐渐演化成了公式化的田园诗（pastoral），并成为主要的诗歌传统。在英国文学史上，文学创作者对自然产生兴趣并在其作品中加以描绘之事于 18 世纪得到长足发展，启蒙主义运动时期古典主义的代表亚历山大·蒲伯（Alexander Pope，1688-1744）已在其早期的《平静的生活》（"The Quiet Life"）[29]、《田园组诗》（*Pastorals*, 1709）和《温莎林》（*Windsor Forest*, 1713）等诗歌作品中花大量笔墨描绘自然之美丽、田园之幽静、乡村之朴素和人与自然之和谐。约到了乔治三世（George III, 1760-1820 在位）之时，出现了突飞猛进的发展，罗伯特·彭斯（Robert Burns, 1759-1796）的《我的心呀在高原》（"My Heart's in the Highlands"）、《圣集》（"The Holy Fair"）和《欢乐的造化又一次》（"Again Rejoicing Nature"），威廉·布莱克（William Blake, 1757-1827）的《天真之歌》（*Songs of Innocence*, 1783）等诗歌作品中已有较多笔墨描绘自然之景。自然诗之全面发展起始于 18 世纪左右的浪漫主义运动初期。在英国文学史上，能象华兹华斯这样以较大身心热爱自然并乐于将之引入诗歌创作的诗人为数甚少。在这一方面，恐怕只有亚历山大·蒲伯、詹姆斯·汤姆逊（James Thomson, 1700-1748）、乔治·克莱布（George Crabbe, 1754-1832）、罗伯特·彭斯、乔治·戈登·拜伦（George Gordon Byron, 1788-1824）、波西·比希·雪莱（Percy Bysshe Shelley, 1792-1822）和约翰·济慈（John Keats, 1795-1821）等寥寥几人能够同他相提并论了。可以说，华兹华斯是英国文学史上早期自然诗人中的杰出人物。

---

28 田晓菲编译，《"萨福"：一个欧美文学传统的生成》，北京：生活·读书·新知三联书店，2003，第 224 页。

29 《平静的生活》（"The Quiet Life"）：又名《隐居颂》（"Ode on Solitude"）。

三、华兹华斯的八类自然

华兹华斯的自然内涵十分丰富，大体上，可以归纳为八类，一曰带来感官愉悦的自然，二曰带来心灵震慑的自然，三曰抚慰心灵痛苦的自然，四曰全身远祸的自然，五曰主体复归媒介的自然，六曰创作灵感源泉的自然，七曰与人和谐一体的自然，八曰神灵化身的自然。

（一）带来感官愉悦的自然

对于华兹华斯来说，自然能为他带来感官的愉悦。

华兹华斯出生于英格兰西北部坎伯兰郡的科克茅斯（Cockermouth，Cumberland）湖区，在科克茅斯西北部，清秀的温德河从他家的庭院旁边流淌而过，乐于在他的"摇篮曲中／溶入喃喃私语"[30]，将自然的音乐和静谧早早织入了他的意识之中。拉尔夫·华尔多·爱默生（Ralph Waldo Emerson, 1803-1882）认为，自然是产生美感的源泉，人生来就应该用眼睛去寻找、发现这种无所不在的美。与之相似的是，华兹华斯在《序曲》第八卷中回忆说，培养了他儿时情感的是如下的自然之景：

> 光秃的山峦与峡谷，及它们所富有的
>
> 洞穴、岩石、流水淙淙的幽坳、
>
> 秀丽的湖泊、飞瀑与回声，还有
>
> 弹拨着旋风、奏出音乐的笋石[31]。

华兹华斯1779年进入湖区南部埃斯威特湖边的霍克斯海德语法学校学习时年仅九岁，在此一学就是八年。他与自然的关系也随之发生变化，常在感叹自然的秀美之时，也感受到巨大的威慑力。他从出生到十七岁进入剑桥大学这时间，从来没有离开过湖区，用他自己的话来说，就是"在奢华的自然风光中／长大"[32]。这里的山峰、丘陵、谷地间，湖泊星罗棋布，湖光肃穆，山色深沉，美丽的湖光山色陶冶了他的审美情操。对照柯尔律治多年寄居伦敦的都市生活，他庆幸自己从一开始就拥有一批真实而生动的形象，而柯尔律治只能经

---

30 第一卷《引言——幼年与学童时代》第 270-271 行，威廉·华兹华斯著，《序曲》，丁宏为译，北京：中国对外翻译出版公司，1999，第 1 页。

31 第八卷《回溯：对大自然的爱引致对人的爱》第 635-638 行，[英国] 威廉·华兹华斯著，《序曲》，丁宏为译，北京：中国对外翻译出版公司，1999，第 225 页。

32 第三卷《寄宿剑桥》第 354-355 行，[英国] 威廉·华兹华斯著，《序曲》，丁宏为译，北京：中国对外翻译出版公司，1999，第 66 页。

常"凝望着天上的游云"[33],"谙识经院哲人,任柏拉图式的观念 / 列出眼花缭乱的盛仪"[34],生活中"被剥夺了自然中活的形象"[35]。他认为,自然是"快乐的主要输送者"(the prime bringer of happiness)[36]。他在《序曲》第十二卷中谈到家乡的自然之景时写道:

> 当我还未离开家乡那幽僻的
>
> 山野,去响应世间的召唤,我也
>
> 像这位少女,也爱所看到的一切,
>
> 不是淡淡的喜爱,而是爱得
>
> 热烈;脚步欣然所及虽只是
>
> 那几个角落,但从未梦想何处
>
> 会比它们更壮观,更美妙,更精巧[37]。

他喜欢阅读古老的旅游书,认为踏入"人脚从未涉足过的地方"[38]所产生的美丽是永恒的。进入剑桥大学圣约翰学院的时候,他还是一个青年,但"已陶冶出了强烈热爱自然的情操"[39]。在剑桥大学期间,他无心学习,心中好象只有自然:

> ……心灵几乎全被
>
> 那些可爱的景物占有,她凭
>
> 本能去感受,能在她所爱恋的
>
> 客体中发现生机与活力,一种
>
> 胜过一切的魅力[40]。

---

33 第六卷《剑桥与阿尔卑斯山脉》第 270 行,[英国]威廉·华兹华斯著,《序曲》,丁宏为译,北京:中国对外翻译出版公司,1999,第 140 页。

34 第六卷《剑桥与阿尔卑斯山脉》第 298-299 行,[英国]威廉·华兹华斯著,《序曲》,丁宏为译,北京:中国对外翻译出版公司,1999,第 141 页。

35 第六卷《剑桥与阿尔卑斯山脉》第 303 行,[英国]威廉·华兹华斯著,《序曲》,丁宏为译,北京:中国对外翻译出版公司,1999,第 141 页。

36 John Burgess Wilson, *English Literature*, London: Longmans, Green and Co. Ltd., 1958, p.216.

37 第十二卷《想象力与审美力,如何被削弱又复元》第 174-180 行,[英国]威廉·华兹华斯著,《序曲》,丁宏为译,北京:中国对外翻译出版公司,1999,第 315 页。

38 [美国]欧文·白璧德著,《卢梭与浪漫主义》,孙宜学译,石家庄:河北教育出版社,2003,第 165 页。

39 *A Course Book of English Literature* (II), compiled by Zhang Boxiang and Ma Jianjun, Wuchang: Wuhan University Press, 1998, p.161.

40 第三卷《寄宿剑桥》第 364-368 行,[英国]威廉·华兹华斯著,《序曲》,丁宏为

他在《序曲》第四卷中写道：

> 若说世间有幸福，那么，当我
> 环绕小湖再次迈出漫游的
> 脚步时，极致的幸福漫没我的
> 心田——充实、安谧、充盈着静思
> 与默感[41]。

1790 年，他利用在剑桥大学的第三个暑假同来自威尔士山区的学友罗伯特·琼斯（Robert Jones）"并肩奔向遥远的阿尔卑斯"[42]，开始徒步旅游欧洲列国。在这次旅游中，他依次游历了法国、瑞士、意大利、德国，行程长达1500 多英里。这次徒步旅游"使他对自然的壮丽有了更为欣喜的反应"[43]，并认识到自然在他心中"是至高无上的君王"[44]。1795 年，他便开始隐居，生活于自然山水之间：初住英格兰东南部多塞特郡的雷斯唐农庄（Racedown Lodge in Dorset）；1799 年来到英格兰西北部威斯特摩兰郡的格拉斯米尔（Grasmere，Westmoreland）的鸽庄（Dove Cottage）居住，这是"英国湖区最美丽的地方"[45]；1813 年又搬到离鸽庄不远的瑞岱尔山区（Rydal Mount）。18 世纪最后五年，他越来越转向自然，同柯尔律治、多萝西一起遍游英格兰北部、苏格兰、威尔士、爱尔兰等地，创作了很多脍炙人口的写景抒情诗。他在《无题：我一见彩虹高悬天上》（"Untitled: My Heart Leaps Up When I Behold"）一诗中一开始便说："我一见彩虹高悬天上，／心儿便欢跳不止"[46]。乍一看，诗人是在表达他看到彩虹时的心情。诗人确实在此向读者展示了他看到彩虹时的愉悦和欢欣，这种愉悦和欢欣就象读者自己看到雨后彩虹时所常产生的

译，北京：中国对外翻译出版公司，1999，第 66 页。

41 第四卷《暑假》第 138-142 行，［英国］威廉·华兹华斯著，《序曲》，丁宏为译，北京：中国对外翻译出版公司，1999，第 86 页。

42 第六卷《剑桥与阿尔卑斯山脉》第 326 行，［英国］威廉·华兹华斯著，《序曲》，丁宏为译，北京：中国对外翻译出版公司，1999，第 142 页。

43 *A Course Book of English Literature* (II), compiled by Zhang Boxiang and Ma Jianjun, Wuchang: Wuhan University Press, 1998, p.164.

44 第六卷《剑桥与阿尔卑斯山脉》第 333 行，［英国］威廉·华兹华斯著，《序曲》，丁宏为译，北京：中国对外翻译出版公司，1999，第 142 页。

45 *A Course Book of English Literature* (II), compiled by Zhang Boxiang and Ma Jianjun, Wuchang: Wuhan University Press, 1998, p.161.

46 华兹华斯，《无题：我一见彩虹高悬天上》（1802 年 3 月 26 日），［英国］华兹华斯著，《华兹华斯诗歌精选》，杨德豫译，太原：北岳文艺出版社，2000，第 2 页。

感情一样。但实际上，彩虹在这里已变成了美丽的自然风光的象征，而不仅只是一种物象，因而诗人在这里抒发了他对自然的热爱。他笔下的自然，常常有种梦幻般的感觉，《序曲》第五卷：

> 那迷人的山谷，我清楚地记得最初
>
> 我被托付给它的日子；对于
>
> 一个稚气犹存的孩子，它的
>
> 山径、湖畔与溪泉像是新奇的
>
> 梦幻[47]。

他在《序曲》（*Prelude*）第四卷中写道：

> ……看着
>
> 脚下的湖水、岛屿、岬角和鳞波
>
> 烁烁的湖湾，我欣喜若狂；大自然
>
> 最美的一组景色，以堂皇的姿态，
>
> 刹那间展现在我的眼前——宏大，
>
> 秀美，明畅。我跑下山坡，高声
>
> 呼叫湖上的老船夫，喊声在山间
>
> 回响[48]。

他非常热爱自然，能洞察自然之物的内在本质和能描述自然的细微之处。他在《麻雀窝》（"The Sparrow's Nest"）、《致云雀》（"To a Skylark"）、《致杜鹃》（"To the Cuckoo"）、《致蝴蝶》（"To a Butterfly"）、《我像一朵孤独的云》（"I Wandered Lonely as a Cloud"）、《黄昏散步》（*An Evening Walk*）[49]、《廷腾寺》（"Tintern Abbey"）、《早春命笔》（"Lines Written in Early Spring"）、《水仙》

47 第五卷《书籍》第 426-430 行，［英国］威廉·华兹华斯著，《序曲》，丁宏为译，北京：中国对外翻译出版公司，1999，第 116-117 页。

48 第四卷《暑假》第 6-13 行，［英国］威廉·华兹华斯著，《序曲》，丁宏为译，北京：中国对外翻译出版公司，1999，第 81 页。

49 *An Evening Walk*：目前所见，汉译有三。一曰《夕游》，详见：［英国］沃兹沃斯著，《英汉对照沃兹沃斯名诗三篇》，张则之、李香谷译，上海：商务印书馆，1936，第 2 页。二曰《晚步》，详见：侯维瑞主编，《英国文学通史》，上海：上海外语教育出版社，1999，第 342 页；梁实秋著，《英国文学史》（三），北京：新星出版社，2011，第 893 页；［苏联］阿尼克斯特著，《英国文学史纲》，戴镏龄、吴志谦、桂诗春、蔡文显、周其勋、汪梧封译，北京：人民文学出版社，1959，第 286 页。三曰《黄昏散步》，详见：苏文菁著，《华兹华斯诗学》，北京：社会科学文献出版社，2000，第 358 页。

（"The Daffodils"）、《无题：我一见彩虹高悬天上》和《序曲》等诗中，成功描写了自然的湖光山色的幽美、恬静、雄伟、壮丽和奇异，表达了对自然之美由衷的热爱。如《水仙》：

> 我独自漫游，像山谷上空
> 　悠悠飘过的一朵云霓，
> 蓦然举目，我望见一丛
> 　金黄的水仙，缤纷茂密；
> 在湖水之滨，树阴之下，
> 正随风摇曳，舞姿潇洒。
>
> 连绵密布，似繁星万点
> 　在银河上下闪烁明灭，
> 这一片水仙，沿着湖湾
> 　排成延续无尽的行列；
> 一眼便瞥见万朵千株，
> 摇颤着花冠，轻盈飘舞[50]。

由于华兹华斯对自然有着由衷的喜爱，所以他总是以欣悦的笔触来描绘自然景物的，即使在描绘自然景物的细部之时，也是如此。《序曲》第十二卷：

> 啊，大自然的精魂！超卓而美妙！
> 曾与我同欢，我也与它一起
> 在欢乐中度过少年时代，见惯
> 那天风与喧嚣的波涛，或欣悦地看着
> 漫漫洋洋的光点在山野间行进
> 或退去，好一片辉煌的幻影。每天
> 侍奉这壮丽的景物，或凝神聆听，
> 或目不转睛，但无论听与看，每次
> 都很快地投入情感，心智也随之
> 展开[51]。

---

50 华兹华斯，《水仙》（1804 年），［英国］华兹华斯著，《华兹华斯诗歌精选》，杨德豫译，太原：北岳文艺出版社，2000，第 94 页。

51 第十二卷《想象力与审美力，如何被削弱又复元》第 93-102 行，［英国］威廉·华兹华斯著，《序曲》，丁宏为译，北京：中国对外翻译出版公司，1999，第 314-315 页。

华兹华斯喜爱的自然是自然之自然，而非人为之自然。在《序曲》第八卷中，他详细描写了中国清代热河避暑山庄内由人工的各种景观，紧接着话锋一转：

> 但是，那育我成长的乐园比它
>
> 更加可爱；这里所富有的是大自然
>
> 原始的馈赠，让所有感官更觉
>
> 甜美，[52]……

华兹华斯的自然具有"温和、可怜"[53]的一面。《写于早春》：

> 穿过簇簇樱草，在树阴下，
>
> 长春花已把它的花环编成；
>
> 我有个信念：认为每一朵花
>
> 都在欢享空气的清新[54]。

柯勒律治《查木尼山谷日出颂》：

> ……，啊，高峻的布朗峰！
>
> 阿芙河、阿尔维伦河在你山麓下
>
> 咆哮不停；但你，最威严的形体！
>
> 高耸在你沉静的松海当中，
>
> 多么沉静啊！在你的周围和上空
>
> ……[55]。

曹顺庆剖析说："这两首诗赞美了充满欢乐的大自然，以及诗人对自然界一草一木的感受与爱怜之情。"[56]剖析得十分到位。

（二）带来心灵震慑的自然

在西方文化中，自然不只是一种物质存在，它还是一种精神存在，具有玄

---

52 第八卷《回溯：对大自然的爱引致对人的爱》第98-101行，［英国］威廉·华兹华斯著，《序曲》，丁宏为译，北京：中国对外翻译出版公司，1999，第205页。

53 ［美国］欧文·白璧德著，《卢梭与浪漫主义》，孙宜学译，石家庄：河北教育出版社，2003，第118页。

54 ［英国］华兹华斯等著，《英国浪漫主义五大家诗选》，李昌陟译，重庆：重庆出版社，2000，第5页。

55 ［英国］华兹华斯等著，《英国浪漫主义五大家诗选》，李昌陟译，重庆：重庆出版社，2000，第79页。

56 曹顺庆，《变异学：比较文学学科理论研究的重大突破》，《比较文学与跨文化研究》2018年第2期，第5页。

秘色彩。《旧约全书·创世记》（"Genesis", *The Books of the Old Testament*）："起初，上帝创造天地。""上帝说：'要有光'，就有了光。上帝看光是好的，就把光暗分开了。""上帝说：'诸水之间要有空气，将水分为上下。'上帝就造出空气，将空气以下的水、空气以上的水分开了。""上帝说：'天下的水要聚在一处，使旱地露出来。'事就这样成了。""上帝说：'地要发生青草和结种子的菜蔬，并结果子的树木，各从其类，果子都包着核。'事就这样成了。""上帝说：'天上要有光体，可以分昼夜，作记号，定节令、日子、年岁，并要发光在天空，普照在地上。'事就这样成了。"[57]"上帝说：'水要多多滋生有生命的物；要有雀鸟飞在地面以上，天空之中。'上帝就造出大鱼和水中所滋生各样有生命的动物，各从其类；又造出各样飞鸟，各从其类。""上帝说：'地要生出活物来，各从其类；牲畜、昆虫、野兽，各从其类。'事就这样成了。"[58]

18 世纪的理论家曾将自然景色分为优美（the beautiful）和威严（the sublime）两类，华兹华斯比包括让-雅克·卢梭（Jean-Jacques Rousseau, 1712-1778）在内的任何其他浪漫主义作家都更充分地发挥了这一思想。"威严"一词译自"the sublime"，"the sublime"又可译作"崇高"。埃德蒙·伯克（Edmund Burke, 1729-1797）在《对崇高与美的哲学思想探源》（*Philosophical Inquiry into the Origins of Our Ideas on the Sublime and the Beautiful*, 1756）一书中认为，未经驯服的力量是崇高的，因为"它从阴郁的森林之中，从充满吼声的荒野之中，以狮子、老虎、豹子或犀牛之形式朝我们走来"[59]。未经驯服的力量又是令人敬畏和震慑的。华兹华斯认为，自然是少年心灵的导师，她既美妙，又令人敬畏；既能抚慰心灵，又能对其震慑，给予训诫[60]。这是《序曲》的重要思想之一，这样的论述在这首长诗中随处可见，比如，第一卷《引言——幼年与学童时代》，"自然的秀美与震慑共同育我 / 长成：它们偏爱我"[61]，自然的灵魂"让寥廓的地面 / 密布胜利与欢乐，憧憬与恐惧—— / 像大海的波涛汹涌激昂"[62]，

---

57 《圣经》（新标准修订版、新标点和合本），中国基督教协会，第 1 页。

58 《圣经》（新标准修订版、新标点和合本），中国基督教协会，第 2 页。

59 Maurice Cranston, *The Romantic Movement*, Blackwell Publishers, 1994, pp.49-50.

60 第一卷注 25，[英国]威廉·华兹华斯著，《序曲》，丁宏为译，北京：中国对外翻译出版公司，1999，第 28 页。

61 第一卷《引言——幼年与学童时代》第 302-303 行，[英国]威廉·华兹华斯著《序曲》，丁宏为译，北京：中国对外翻译出版公司，1999，第 12 页。

62 第一卷《引言——幼年与学童时代》第 470-472 行，[英国]威廉·华兹华斯著，《序曲》，丁宏为译，北京：中国对外翻译出版公司，1999，第 18 页。

自然"以崇高的／或美好的景物占据我的心灵"[63]，自然的景色"那么辉煌，那么美妙，那么／威仪凛然——确能凭借震慑的／伟力，那让人铭记心头的训诫"[64]。自然在华兹华斯这里不仅有令人喜爱的一面，而且也有叫人震慑的一面。

在西方中世纪的人的眼中，自然中不仅常常存在着某种异己的东西，而且还有着一种明确的精神诱惑和危险。与此相似的是，华兹华斯的自然也具有震慑性：

> 感谢大自然使用的手段，感谢她
>
> 对我垂顾屈尊。她或蔼然
>
> 来临，无需畏惧；或引起轻轻的
>
> 惊恐，如无痛的光芒开启静憩的
>
> 白云；或为达目的她变得严厉，
>
> 让我更能感知她的职分[65]。

据他在《序曲》第九卷中回忆，他1790年来到法国时感觉到："遍布这国家的每一株草木／都在剧烈地摇动。"[66]

夏日的一个傍晚，他解开一只小船向湖心划去，但不久他感到了自然的震慑：

> 曾挡住我视线的峭壁后面，露出
>
> 一个巨大的山峰，凶险而巨大，似乎
>
> 在自由意志的支配下，将那黑色的
>
> 头颅扬起。我使劲划动桨叶，
>
> 但那阴郁的形状在我与繁星间
>
> 愈加增大着它的身躯，而且
>
> 随着我的划动向我逼近，就像
>
> 活的东西，有动作节奏和自己的

---

63 第一卷《引言——幼年与学童时代》第545-546行，［英国］威廉·华兹华斯著，《序曲》，丁宏为译，北京：中国对外翻译出版公司，1999，第21页。

64 第一卷《引言——幼年与学童时代》第352-356行，［英国］威廉·华兹华斯著，《序曲》，丁宏为译，北京：中国对外翻译出版公司，1999，第14页。

65 第一卷《引言——幼年与学童时代》第603-605行，［英国］威廉·华兹华斯著，《序曲》，丁宏为译，北京：中国对外翻译出版公司，1999，第23页。

66 第九卷《寄居法国》第90-91行，［英国］威廉·华兹华斯著，《序曲》，丁宏为译，北京：中国对外翻译出版公司，1999，第235页。

目的。我以颤抖的桨叶调转

船头，在无言的水面偷偷划回到

那柳枝遮掩的地方，让我的小舟

仍在她的岩洞中停靠，然后

穿过湖畔的草地走回家中，

心情沉重而忧郁。但是，看到

那个景象之后，一种对未知

生命形态的朦胧不清的意识

持续多日在我脑海中激荡，

黑暗将侵没我的思绪，那是

无物的空寂，或称它茫茫废墟；

消失的是那些熟悉的形象：树木的

倩影，海与天的美景，以及田野的

碧绿，只剩下巨大超凡的形状，

其生命有别于人类，白天在我心灵中

移游，夜晚来骚扰我梦乡的安谧[67]。

在这里，"山峰"是一个自然意象，它在这里象征着自然所有的威严、敬畏和震慑的一面。《序曲》第五卷：

朦胧中，可以清楚地看见对岸

有一堆衣物，似被迟归的浴者

留在岸边。我久久地等待，但不见

衣裳的主人出现；这时，平静的

湖面更加深沉，百态的阴影

在它胸膛上舒展，时而有湖鱼

跳起，惊破死寂的夕雾。第二天，

这显然预示着不详的衣物将一群

焦切的人们引到水边，有的

茫然无措，束手期待；有的

在船上探出身去，用打捞的锚爪

---

67 第一卷《引言——幼年与学童时代》第 377-400 行，［英国］威廉·华兹华斯著，《序曲》，丁宏为译，北京：中国对外翻译出版公司，1999，第 15-16 页。

> 或长竿在水中试探。最后，在一片
>
> 优美的湖光山色中，一具僵直的
>
> 死尸终于挺出水面，他脸上
>
> 已无一丝血色，像是恐怖的
>
> 化身从鬼域突临人间[68]。

　　这里提到的死者叫詹姆斯·杰克逊（James Jackson），是索里（Sawrey）小学的校长，1779 年 6 月 18 日，他在埃斯威特湖中沐浴，不幸溺水而死。在华兹华斯的诗歌中，"湖"一般是秀美动人的，但在这里，它却是阴森可怕的，这是他自然具有震慑一面的又一有力例证。

　　上引《序曲》第五卷诗句流露出的自然的阴森可怕是由隐藏在诗人心底的死亡恐惧催生而出的，虽然同死亡相关，但是并没有直接提及死亡，而《瀑布与野蔷薇》（"The Waterfall and the Eglantine"）最后一节则直接涉及死亡话题了：

> 它是否还说了别的，不清楚；
>
> 瀑布轰鸣着，奔下石谷；
>
> 　别的我不曾听见；
>
> 野蔷薇在发抖；我真害怕——
>
> 惟恐怕它方才说的那番话
>
> 　会是它最后的遗言[69]。

　　这里的"它"指的是野蔷薇（an eglantine, a poor Briar-rose, a Briar），在瀑布的淫威之下瑟瑟发抖，随时可能牺牲掉生命，所以在诗末，"最后的遗言"（his last）这样的句子也写了出来，这就是关于死亡的话题了。

　　在华兹华斯有些诗歌中，自然是同死亡联系在一起的，自然是造成死亡的直接原因。《露西·格瑞》（"Lucy Gray"）中的露西·格瑞（Lucy Gray）黑夜提灯进城，"她上坡下坡，越岭翻山，／却没有走到城里"[70]，惨遇风暴，殒命于积雪的河滨。《乔治和萨拉·格林》（"George and Sarah Green"）中的乔治·格林（George Green）和萨拉·格林（Sarah Green）离家在外，"那一夜，两口子

68　第五卷《书籍》第 436-451 行，［英国］威廉·华兹华斯著，《序曲》，丁宏为译，北京：中国对外翻译出版公司，1999，第 117 页。

69　［英国］华兹华斯著，《华兹华斯诗歌精选》，太原：北岳文艺出版社，2000，第 72-73 页。

70　［英国］华兹华斯著，《华兹华斯诗歌精选》，太原：北岳文艺出版社，2000，第 11 页。

走过荒野，／狂风起，暴雨倾盆"[71]，丈夫倒下，妻子也倒下，家里六个孩子成为孤儿。《有一个男孩》（"There Was a Boy"）中一个男孩（a Boy）生活于幽美的自然，然而，不足十二岁就死了。露西·格瑞、乔治·格林和萨拉·格林的死亡都是自然造成的，自然是罪魁祸首，这是十分明确的。男孩子不足十二岁就死了，诗歌中没有交代他是怎样死了的，不过，根据上下文判断，多半死于他生前流连忘返的湖泊，大概也可以算作是死于自然中的。

在华兹华斯的诗歌中，自然所具有的令人喜爱和使人震慑的双重性是交织在一起的，《序曲》第五卷：

> 我不赞美一片云彩，不管它是多么透明，
>
> 轻视人的天才和适宜的食物——
>
> 小树林，小岛，以及每一个高耸入云的圆顶，
>
> 虽然外表美丽而纯洁，
>
> 但在人心中却找不到自然的家[72]。

《序曲》第八卷：

> 我向你们欢呼，我家乡的
>
> 壮景与巨象：你们，荒沼、山峦、
>
> 岬谷！你们，空旷的山谷与引来
>
> 大西洋之声的深邃的峡道！你们！
>
> 更能抓住人的内心！你们的
>
> 桀骜不驯的飞雪与波涛，你们的
>
> 凛冽的疾风，对着那子身独处于
>
> 茫茫寂寥中的人如此凄惨地
>
> 嚎叫[73]！

他在《序曲》第十卷中说，"震慑使人／高尚，值得珍重"[74]。在《序曲》第十四卷中，他微妙地将自然的美丽等同于爱与欢乐，将自然的震慑力同某种

---

71 ［英国］华兹华斯著，《华兹华斯诗歌精选》，太原：北岳文艺出版社，2000，第234页。

72 ［美国］欧文·白璧德著，《卢梭与浪漫主义》，孙宜学译，石家庄：河北教育出版社，2003，第162页。

73 第八卷《回溯：对大自然的爱引致对人的爱》第216-224行，［英国］威廉·华兹华斯著，《序曲》，丁宏为译，北京：中国对外翻译出版公司，1999，第210页。

74 第十卷《寄居法国——续》第434-435行，［英国］威廉·华兹华斯著，《序曲》，丁宏为译，北京：中国对外翻译出版公司，1999，第276页。

痛苦经历相联系："早年面对着威严或秀美的景物，／领教痛苦与欢乐的逆向法则——"[75]

他的自然中还掺入了人类社会的因素，因而带有忧伤的色彩。《序曲》第四卷：

> 我还记得，当时感觉到，我对
> 大自然的热爱明显地表现出常人的
> 感情。本来它为我的生命
> 所独有，是他人不能分享的财富；
> 爱她时，我像是下凡人间的天使
> 或消魂的精灵，似这些轻盈的仙客，
> 前来尽享我的幸福。然而，
> 此时向我涌来的是另一些关于
> 盛衰无常的思绪，不知该庆贺
> 还是哀惋，总之，是一种多思的
> 幽忧之情！它在广阔的空间里
> 蔓延，蔓及草木与丘山，还有
> 山溪与河流；繁星依旧，却也
> 分摊这异样的幽思：天狼在南天上
> 闪烁，猎户与它的三颗明星，
> 那漂亮的昴宿七姊妹——每个孩子的
> 相识，还有木星——那属于我的星！
> 以前，我也曾经在这些景物间
> 看见无常的阴影，也从凡人的
> 世界向它们输出死亡的绪念，
> 但我所体验的多是些激烈的情绪：
> 强劲，深切，阴沉，凶猛：内心
> 抖落出敬畏或恐惧，后又在告别
> 少年时，被一种狂热的爱意所取代，

---

75 第十四卷《结尾》第 165-166 行，[英国]威廉·华兹华斯著，《序曲》，丁宏为译，北京：中国对外翻译出版公司，1999，第 351 页。

让位于频频的渴求，及欣喜与希望[76]。

华兹华斯的自然观具有矛盾性。白璧德在《卢梭与浪漫主义》中写道："实际上，华兹华斯似乎对矛盾有一种强烈的嗜好，甚至当他的自然主题对他的影响不那么明显时也是如此。""当他越来越老时，他变得越来越不自相矛盾，相应地，人们忍不住要说，他也越来越缺乏诗意。他逐渐回归到传统形式，直至激进者开始将其视作'迷途的领袖'。"[77]华兹华斯在自然观方面所具有矛盾性表明，自然对于他而言已是一种玩物：当他的情绪欢快之时，自然就向他露出温和的微笑；当他情绪忧郁之时，自然就对他露出凶狠的面目。

马克思主义唯物辩证法（Materialist Dialectics）认为，事物是发展的，按自身规律永恒发展，"一切发展，不管其内容如何，都可以看做一系列不同的发展阶段，它们以一个否定另一个的方式彼此联系着"[78]。华兹华斯的自然观是发展变化的，前引诗句即道出了其发展变化之轨迹与特征：在"以前"即孩童时期，他对自然爱意不足，却常常感到它的威慑与恐惧。"后来"即青春期，他对自然产生了热恋之情。"当时"即 1788 年，他十八岁，他的情感趋向客观，并开始在自然中掺入人类社会的因素。最初，自然在他心目中没有特别的地位，对于自然景色，"不情愿 / 专程前去欣赏"[79]。相反，他沉醉于玩耍，在玩耍中寻求乐趣。但是，每一次玩耍"都必然有自然景色伴随，/ 见其在游戏中随现美妙，否则 / 不会如此迷人"[80]。于是，自然"通过随生的情感，以崇高的 / 或美好的景物"[81]占据他的心灵，以"更加微妙的乐趣"[82]潜入他的心中。

---

76 第四卷《暑假》第 231-255 行，［英国］威廉·华兹华斯著，《序曲》，丁宏为译，北京：中国对外翻译出版公司，1999，第 91-92 页。

77 ［美国］欧文·白璧德著，《卢梭与浪漫主义》，孙宜学译，石家庄：河北教育出版社，2003，第 148 页。

78 ［德国］马克思，《道德化的批评和批评化的道德》，《马克思恩格斯全集》第四卷，北京：人民出版社，1958，第 329 页。

79 第二卷《学童时代（续）》第 53-54 行，［英国］威廉·华兹华斯著，《序曲》，丁宏为译，北京：中国对外翻译出版公司，1999，第 33 页。

80 第二卷《学童时代（续）》第 51-53 行，［英国］威廉·华兹华斯著，《序曲》，丁宏为译，北京：中国对外翻译出版公司，1999，第 33 页。

81 第一卷《引言——幼年与学童时代》第 545-546 行，［英国］威廉·华兹华斯著，《序曲》，丁宏为译，北京：中国对外翻译出版公司，1999，第 21 页。

82 第十一卷《法国——续完》第 27-30 行，［英国］威廉·华兹华斯著，《序曲》，丁宏为译，北京：中国对外翻译出版公司，1999，第 290 页。

华兹华斯认为，青年同自然最亲近，《序曲》第十一卷：

> ……无论社会景况如何
>
> 变换，青年都能与大自然——因此
>
> 也常常与理性——进行更直接、更本质的
>
> 交流，超过老人，甚至中年人[83]。

关于他青年时期对自然的感情，《序曲》第十卷有一些叙述：

> 在青春的美好时光，当我开始
>
> 顺从大自然，当那强烈而神圣的
>
> 情感最初将我征服，每时
>
> 每刻我都受它的支配，无论是
>
> 白天或黑夜，黎明或黄昏[84]。

他认为，自然能充当政治判断的基准，《序曲》第十一卷：

> 此刻，权威回归大自然：习惯、
>
> 风俗、法律已被废黜，留下
>
> 势力的真空，让它进入其间，
>
> 无拘无束地游还[85]。

法国革命已摧毁了习俗与法律的权威，故只有自然能充当政治判断的基准。

关于他对自然、人类态度的变化，《序曲》第八卷也有叙述：

> 然而，朋友！不要以为人类
>
> 这么早就在我的心中占据了
>
> 至高的地位。其实，在这幼稚的
>
> 年华，大自然的地位仅次于我自己的
>
> 消遣、动物般的玩耍及玩耍中琐碎的
>
> 乐趣。后来这玩兴减弱，渐渐
>
> 消失，我开始因其本身的缘故

---

83 第一卷《引言——幼年与学童时代》第 548 行，［英国］威廉·华兹华斯著，《序曲》，丁宏为译，北京：中国对外翻译出版公司，1999，第 21 页。

84 第十卷《寄居法国——续》第 416-420 行，［英国］威廉·华兹华斯著，《序曲》，丁宏为译，北京：中国对外翻译出版公司，1999，第 275 页。

85 第十一卷《法国——续完》第 31-34 行，［英国］威廉·华兹华斯著，《序曲》，丁宏为译，北京：中国对外翻译出版公司，1999，第 290 页。

> 爱上大自然，视其为欢乐之源，
>
> 而在这期间——至少持续二十二年，
>
> 直到欲别生命的青春——人类
>
> 在我心中眼中的地位仍低于
>
> 她的存在——她那有形的仪态
>
> 与无形的力量。她激发的是热恋，常让我
>
> 欣喜若狂，是亲密的爱人永远
>
> 在身边；而他只给予偶然的愉快，
>
> 偶尔显露魅力，尚未进入
>
> 全盛时代[86]。

在他早年的生活中，自然对于他认识人类也是有帮助的，《序曲》第八卷："我最初观察人类时，是借助于 / 那些宏大而秀美的景物，在它们的 / 帮助下与人进行灵魂的交流。"[87]

法国革命使他由单纯热爱自然转向了更加热爱人类，《序曲》第十一卷：

> ……简言之，
>
> 我是大自然的孩子，最初只将
>
> 生自襁褓、伴我成长的情感
>
> 洒向四方，后来失去它们，
>
> 但是，恰恰像光芒在光芒中隐去，
>
> 只让其没入更加强烈的情感[88]。

《序曲》第十四卷：

> ……按预定的安排，大自然
>
> 是我长期的至爱，但一段时间她退居
>
> 次要的位置，甘愿为那更高贵者
>
> 充当侍女，而就在这样的时候，
>
> 当我对平凡事物的敏感与敬重

---

86 第八卷《回溯：对大自然的爱引致对人的爱》第 340-356 行，［英国］威廉·华兹华斯著，《序曲》，丁宏为译，北京：中国对外翻译出版公司，1999，第 214-215 页。

87 第八卷《回溯：对大自然的爱引致对人的爱》第 315-317 行，［英国］威廉·华兹华斯著，《序曲》，丁宏为译，北京：中国对外翻译出版公司，1999，第 213 页。

88 第十一卷《法国——续完》第 167-172 行，［英国］威廉·华兹华斯著，《序曲》，丁宏为译，北京：中国对外翻译出版公司，1999，第 295 页。

> 每天每日都在增强，当更为
> 高雅的人性如优美的礼物在整个
> 大地上萌生着它们的花蕾，亲爱的
> 妹妹！你的喃喃低语就好似
> 那春天的气息，只比它更轻柔，引着
> 我的脚步前行[89]。

他认为，人性比"平凡事物"更为高雅，它是"更高贵者"。1796 年至 1798 年的一段时间内，他对自然的爱已转为对人类的爱。

他对人类的热爱主要体现在那些同自然融为一体的牧人、农民等普通劳动者身上。《序曲》第八卷：

> ……而原野上那一处处平常的
> 所在，及其环抱中人类的平凡的
> 生计，虽都平淡无奇，却相得
> 益彰，在不知不觉中牢牢抓住
> 人的心灵。就具体而言，
> 当我最初扩展了对亲戚、朋友、
> 伙伴的情感，开始享受对人类
> 绝对原我的热爱，心中有明显的
> 亲善之情涌出，犹如滔滔
> 喷泉；我尤其倾心于那些由至上的
> 大自然亲自分派并且美饰的
> 职业与劳作，于是，羊倌们最先
> 成为我最喜欢的人[90]。

他在《序曲》第八卷中，他回顾了自己生命的前 21 年，追溯了将情感由对自然单纯的爱逐渐转移给了那些同自然融为一体的普通百姓的历程。《序曲》第八卷：

> ……因为太阳、天宇、四季
> 或风雨雷电虽变化不息，却发现

---

89 第十四卷《结尾》第 256-266 行，［英国］威廉·华兹华斯著，《序曲》，丁宏为译，北京：中国对外翻译出版公司，1999，第 354 页。

90 第八卷《回溯：对大自然的爱引致对人的爱》第 116-128 行，［英国］威廉·华兹华斯著，《序曲》，丁宏为译，北京：中国对外翻译出版公司，1999，第 206 页。

这里有忠诚的劳动者与它们相伴——

自由的人们，为自己劳作，自由地

选择时间、地点、目标；以自己的

需求、自己的享受、天然的职业

与操劳为向导，在欢乐中达到个人

或社会的目的，而且——虽未去追求，

也无意识——一队美德总跟随

在后面：朴实、美、必然的天宠[91]。

在英国湖区家乡和中国承德热河避暑山庄之间，他更加热爱前者，不仅因为家乡有太阳、天宇、四季、风雨、雷电等自然之自然，而且因为在这自然之自然之中还生活着一批忠实的劳动者，他们如自然般质朴和自然，他们过得自由和欢乐。《序曲》第十三卷：

……当我开始打量、

观察、问讯所遇到的人们，无保留地

与他们交谈，凄寂的乡路变做

敞开的学校，让我以极大的乐趣，

天天阅读人类的各种情感，

无论揭示它们的是语言、表情、

叹息或泪水；在这所学校中洞见

人类灵魂的深处，而漫不经心的

目光只看见肤浅[92]。

无论是爱自然，还是爱人类，都体现了爱，爱是重要的。《序曲》第十一卷：

……一切持久的辉煌

都以爱为依赖，以那渗入一切之爱；

爱若不存，我们无异于泥土。

瞧春天那芬芳的田野，到处是争妍的

花朵和欢乐的牛羊；看那一对——

---

91 第八卷《回溯：对大自然的爱引致对人的爱》第101-110行，［英国］威廉·华兹华斯著，《序曲》，丁宏为译，北京：中国对外翻译出版公司，1999，第205-206页。

92 第十三卷《想象力与审美力，如何被削弱又复元——结尾》第159-167行，［英国］威廉·华兹华斯著，《序曲》，丁宏为译，北京：中国对外翻译出版公司，1999，第333页。

　　　　羊羔和它的母亲，它们的亲情

　　　　会触动你的内心[93]。

（三）抚慰心灵痛苦的自然

　　自然是一种伟大精神、神圣的动力，它能荡涤人心的尘埃，疗治文明世界造成的心灵创伤，使人变得纯洁高尚。威廉·柯柏（William Cowper, 1731-1800）、乔治·桑（George Sand, 1804-1876）、拜伦，皆系例证。柯柏因病一直住在乡间休养，"对自然风景别有一番体验和挚爱，视其为医治心灵创伤的奇药"[94]。乔治·桑说：

　　　　我有时逃开自我，俨然变成一棵植物，我觉得自己是草木、是飞鸟、是树顶、是浮云、是流水、是天地相接的那一条横线；觉得自己是这种颜色或那种形体，瞬息万变，来去无碍。我时而走，时而飞，时而潜，时而吸露。我向着太阳开花或栖在叶背安眠；云雀飞时我也飞翔，蜥蜴跳时我也跳跃，萤火和星光闪耀时我也闪耀。总而言之，我所栖想的天地仿佛全是由我自己伸出来的[95]。

　　拜伦写道：

　　　　大自然始终是我们最仁爱的慈母，

　　　　虽然她温柔的面容总是变幻不定；

　　　　让我陶醉在她赤裸着的怀抱里头，

　　　　我是她不弃的儿子，虽然不受宠幸。

　　　　呵！粗犷的本色使她最显得迷人，

　　　　因为没有人工的痕迹把她亵渎；

　　　　不论日夜，她总是对我笑脸盈盈，

　　　　虽然只我一个向着她的形象注目，

　　　　我是越来越向往她，而且最爱她，当她发火恼怒[96]。

　　当卢梭躲到圣·彼得岛上时，他有时禁不住满腔热情地高呼："噢，自然，噢，母亲，我现在处于你的保护之下了。这里没有机敏和无赖之徒插入到你我

93　第十四卷《结尾》第 168-174 行，［英国］威廉·华兹华斯著，《序曲》，丁宏为译，北京：中国对外翻译出版公司，1999，第 351 页。

94　侯维瑞主编，《英国文学通史》，上海：上海外语教育出版社，1999，第 264 页。

95　转引自：《卷首语》，《读者》2002 年第 20 期，第 1 页。

96　［美国］欧文·白璧德著，《卢梭与浪漫主义》，孙宜学译，石家庄：河北教育出版社，2003，第 167 页。

之间。"[97]在浪漫主义运动中，没有多少方面会比这种在自然中找到同伴和安慰更为重要了。

对于华兹华斯来说，自然是抚慰心灵痛苦的良药。

在华兹华斯看来，自然中存在着一种伟大的力量，《序曲》第十二卷：

　　……啊，大自然的精魂！维系

　　或支配你的是神圣的法则，因此，

　　你永远充溢着激越的生命，而活在

　　世上的人却何等虚弱[98]！

在《序曲》第四卷中描绘说，当他漫步湖畔看到静谧的景色之时，"似有慰藉的暖流涌入心间"[99]，"忽觉力量增添"[100]。《水仙》中，他首先把自己比喻成"山谷上空／悠悠飘过的一朵云霓"[101]，反映了内心的痛苦。接着他在诗中说，那一望无际、连绵不断的金黄色小花在湖边迎风飘舞，顿时把他的孤独和忧伤一扫而光。水仙是自然美景的象征，它甚至给了他一生的慰藉：

　　从此，每当我依榻而卧，

　　　或情怀抑郁，或心境茫然，

　　水仙呵，便在心目中闪烁——

　　　那是我孤寂时分的乐园；

　　我的心灵便欢情洋溢，

　　　和水仙一道舞踊不息[102]。

华兹华斯说："一朵微小的花对于我，可以唤起不能用眼泪表达出来的那样深的心思。"[103]他在《序曲》第三卷中写道：

---

97 ［美国］欧文·白璧德著，《卢梭与浪漫主义》，孙宜学译，石家庄：河北教育出版社，2003，第159页。

98 第十二卷《想象力与审美力，如何被削弱又复元》第102-105行，［英国］威廉·华兹华斯著，《序曲》，丁宏为译，北京：中国对外翻译出版公司，1999，第314-315页。

99 第四卷《暑假》第154行，［英国］威廉·华兹华斯著《序曲》，丁宏为译，北京：中国对外翻译出版公司，1999，第86页。

100 第四卷《暑假》第156行，［英国］威廉·华兹华斯著，《序曲》，丁宏为译，北京：中国对外翻译出版公司，1999，第86页。

101 华兹华斯，《水仙》（1804年），［英国］华兹华斯著，《华兹华斯诗歌精选》，太原：北岳文艺出版社，2000，第94页。

102 华兹华斯，《水仙》（1804年），［英国］华兹华斯著，《华兹华斯诗歌精选》，太原：北岳文艺出版社，2000，第94-95页。

103 转引自：《卷首语》，《读者》2002年第20期，第1页。

我借思维或不驯的意识所提供的

类比，将相应的品性给予所有的

自然形体：岩石、鲜果、花卉，

甚至覆盖着路面的那些零乱的

石子。我看出他们都有情感，

或将其与某种感情连通：万物

如茂树，扎根于那给予生命的灵魂；

眼前的一切都因内在的含义

而生存[104]。

他在《序曲》第一卷中说，自然常使他"体味到感官那神圣而纯净的活动，／即使陷身狂暴的喧闹之中。／这纯净似乎具有精神的魅力，／是一种平静的快感"[105]。他在《序曲》第十二卷中写道：

我并不缺少平静、满足感与温馨的

思慕，帮我安度那心烦意乱的

年代；我仍然为大自然而骄傲，发现

她是枚砝码，当邪气登峰造极时，

是她为我维持着秘密的欢愉[106]。

《序曲》第十二卷：

……我更珍惜

这种漫游，它让我怀着希望，

找到希望，找到安恬与持久的

欢悦，找到平息激愤情绪的

慰藉与药方[107]。

《已访的雅鲁河》（"Yarrow Visited"）：

---

104 第三卷《寄宿剑桥》第128-136行，［英国］威廉·华兹华斯著，《序曲》，丁宏为译，北京：中国对外翻译出版公司，1999，第58页。

105 第一卷《引言——幼年与学童时代》第550-553行，［英国］威廉·华兹华斯著，《序曲》，丁宏为译，北京：中国对外翻译出版公司，1999，第21页。

106 第十二卷《想象力与审美力，如何被削弱又复元》第39-43行，［英国］威廉·华兹华斯著，《序曲》，丁宏为译，北京：中国对外翻译出版公司，1999，第312页。

107 第十三卷《想象力与审美力，如何被削弱又复元——结尾》第179-183行，［英国］威廉·华兹华斯著，《序曲》，丁宏为译，北京：中国对外翻译出版公司，1999，第333页。

> 无论到何处，我相信，雅鲁！
> 　你的真切的图象
> 会与我同在，会使我欢快，
> 会宽慰我的悲伤[108]。

《无题：楞诺斯荒岛上，僵卧着，寂然不动》（"Untitled: When Philoctetes in the Lemnian isle"）：

> 楞诺斯荒岛上，僵卧着，寂然不动，
> 　菲洛克忒忒斯像顽石雕像一般；
> 　不时有野鸟飞来和他作伴，
> 停在他身上，或飞上他的神弓，
> 逗得他严峻的脸上也露出笑容，
> 　收了泪，舒了一口气，由此而冲淡
> 　他横遭放逐，远离心爱的家园，
> 远离英雄的事业这种种苦痛。
> 要相信：灵慧的生物往往能平缓
> 　我们的心智所不能疗救的悲辛；
> 在囚徒看来，小小爬虫的出现
> 　也足以证明：巴士底监狱再深，
> 也阻挡不了爱的光辉——尽管
> 　人对自己的同类已毫无情分[109]。

据希腊神话和荷马史诗，原墨利玻亚国王菲洛克忒忒斯（Philoctetes）[110] 参加希腊诸王征讨特洛亚的战争，但在途经克律塞岛之时却被毒蛇咬伤，伤口经久不愈，化脓发出恶臭。希腊人担心他留在军中会引起疫病，便将之遗弃在楞诺斯荒岛上。他无法同心爱的家人团聚，无法参加特洛亚战争以实现英雄的事业，独自一人在荒岛上苦苦煎熬了十年之久。巴士底监狱是法国十四至十八世纪的国家监狱，十六世纪以后主要用于囚禁政治犯。无论是横遭流放的菲洛克忒

---

108 华兹华斯，《已访的雅鲁河》（1814 年），［英国］华兹华斯著，《华兹华斯诗歌精选》，杨德豫译，太原：北岳文艺出版社，2000，第 179 页。

109 华兹华斯，《无题：楞诺斯荒岛上，僵卧着，寂然不动》（1827 年发表），［英国］华兹华斯著，《华兹华斯诗歌精选》，杨德豫译，太原：北岳文艺出版社，2000，第 151-152 页。

110 Philoctetes：或译菲罗克忒忒斯。

忒斯，还是囚禁在巴士底监狱的囚徒，他们都能借助于灵慧的自然之物平缓心智所不能疗救的悲辛。华兹华斯《坚毅与自立》（"Resolution and Independence"）：

> 我是个过客，走在这片荒原上；
>
> 　　看得见野兔高高兴兴地跑着；
>
> 听得见树林和远处河水的喧响，
>
> 　　也有时听不见，像孩子一样快活；
>
> 　　这迷人的季节占据了我的心窝；
>
> 我便一古脑儿忘掉了纷纭的往事，
>
> 忘掉了世人的景况——悲惨而愚痴[111]。

华兹华斯《序曲》第三卷："在灵魂的深处，／我们孤独地生存，每个人都有／各自的道理。"[112]"作为／天民，我们靠大自然而成为帝王。"[113]他对自然的倾向代表着很多欧洲人在法国革命后普遍的情感走向，具有一定的时代意义。

《序曲》第十一卷：

> 　　　那时，虽是个山中的孩子，在牧人中
>
> 成长，还未知古典的童话，但我已
>
> 学会幻想西西里的景象。瞧她，
>
> 仅仅片刻前，因提到你而阴云密布，
>
> 此时受她的支配都消散；一个
>
> 希望的景象从她的海岸飘来，
>
> 让我感到称心惬怀：在幻想中，
>
> 我看见她那仍在欢笑的海浪，
>
> 看到她的曾经欢乐的山谷[114]。

上引诗行中的"她"指的是华兹华斯幻想中西西里的美景，这样的美景把他心头的乌云一扫而尽，让他感觉到舒心惬意。《序曲》第十二卷：

---

111 华兹华斯，《坚毅与自立》（1802 年 5 月 3 日-7 月 4 日），［英国］华兹华斯著，《华兹华斯诗歌精选》，杨德豫译，太原：北岳文艺出版社，2000，第 109 页。

112 第三卷《寄宿剑桥》第 188-190 行，［英国］威廉・华兹华斯著，《序曲》，丁宏为译，北京：中国对外翻译出版公司，1999，第 60 页。

113 第三卷《寄宿剑桥》第 195-196 行，［英国］威廉・华兹华斯著《序曲》，丁宏为译，北京：中国对外翻译出版公司，1999，第 60 页。

114 第十一卷《法国——续完》第 423-431 行，［英国］威廉・华兹华斯著，《序曲》，丁宏为译，北京：中国对外翻译出版公司，1999，第 305 页。

> 那一片片树丛，你们的圣职责就是
>
> 让幽密的浓荫如同一团睡梦，
>
> 介入人心与世事中间，也常常
>
> 介入人类本身与他们多忧的
>
> 内心之间调停——啊[115]！

树林是自然的组成部分，故与其说树林介入人类、人世与人心进行调停，还不如说自然介入人类、人世与人心进行调停，以化解人类的忧愁。在《序曲》第七卷中，华兹华斯对伦敦种种令人难以忍受的方面作了描绘，披露了工业文明对人心灵造成的种种摧残，最后把自然拈了出来，作为医治心灵创伤的良药：

> ……在那里，大自然的精神
>
> 仍影响着我，美与不朽生命之灵魂
>
> 赐给我她的启示，并借助丑陋的
>
> 线条与色彩及乱纷纷自我毁灭、
>
> 过眼云烟之物，向我渗透着镇定，
>
> 漫然传播着托升灵魂的和声[116]。

自然能裨益心灵、脑力，自然能显示出真理，自然能提供信念的依托。《序曲》第十二卷：

> 我并不缺少平静、满足感与温馨的
>
> 思慕，帮我安度那心烦意乱的
>
> 年代；我仍然为大自然而骄傲，发现
>
> 她是枚砝码，当邪气登峰造极时，
>
> 是她为我维持着秘密的欢愉[117]。

（四）全身远祸的自然

自然往往可以为人提供躲避祸乱的庇护所，这是人常常投向自然的怀抱的重要原因之一，这是不乏其例的。米歇尔·埃奎姆·德·蒙田（Michel Eyquem

---

115 第十二卷《想象力与审美力，如何被削弱又复元》第24-28行，［英国］威廉·华兹华斯著，《序曲》，丁宏为译，北京：中国对外翻译出版公司，1999，第312页。

116 第七卷《寄居伦敦》第766-771行，［英国］威廉·华兹华斯著，《序曲》，丁宏为译，北京：中国对外翻译出版公司，1999，第195页。

117 第十二卷《想象力与审美力，如何被削弱又复元》第39-43行，［英国］威廉·华兹华斯著，《序曲》，丁宏为译，北京：中国对外翻译出版公司，1999，第312页。

de Montaigne, 1533-1592）之所以于 1570 年把法院顾问的职位买掉，回到两年前父亲死后他继承下来的乡下领地隐居，政治也是原因之一。在他作出隐居决定时，法国天主教徒和新教徒之间的国内战争已经持续了八年，回到领地隐居自然可以全身远祸，用他自己的话来说，就是"远离战争而享吾天年"[118]。法国首相米歇尔·德·罗比达（Michel de L'Hôpital, 1505-1573）曾试阻止这场残杀但未获成功，结果亦拂袖而走，回到戴维领地过起隐居生活来。关于自然的避难所功能，拜伦也有清醒认识，他写道：

> 啊！我愿一片沙漠成为我的家园，
>
> 我要把全人类忘记得干干净净，
>
> 只需一个美的灵魂来做我的伴侣，
>
> 而且，对谁也不怨恨，却只爱她一人！
>
> 自然呵，你怂恿人超越凡尘，
>
> 令我感到精神飞扬，不知你愿否
>
> 让我欣幸地遇到这样一个灵魂？
>
> 这样的灵魂也许是哪儿都有，
>
> 只是无缘相识，难道我的想法完全不对头[119]？

对于华兹华斯来说，自然是全身远祸的场所。

1789 年 7 月 9 日，法国国民议会宣布改称制宪议会，12 日，巴黎群众举行大型示威游行，14 日，巴黎群众攻克巴士底狱（Bastille），法国革命爆发。法国革命的爆发让华兹华斯异常兴奋，他两次前往法国以示声援。他在《序曲》第九卷中激动地写道：

> ……那是个万民骚动的
>
> 时刻：就连最温和的人也变得燥热
>
> 不安；各种情绪或观点相互
>
> 撞击、冲突，让平静的家庭充满
>
> 激扬的叫喊[120]。

然而，很快，法国革命的迅猛性、暴力性、血腥星、破坏性便暴露无遗，

---

118 ［法国］彼得·博皮著，《蒙田》，孙乃修译，北京：工人出版社，1985，第 21 页。

119 ［美国］欧文·白璧德著，《卢梭与浪漫主义》，孙宜学译，石家庄：河北教育出版社，2003，第 168 页。

120 第九卷《寄居法国》第 160-164 行，［英国］威廉·华兹华斯著《序曲》，丁宏为译，北京：中国对外翻译出版公司，1999，第 238 行。

他在《漫游》（*The Excursion*）第三章中描述说：

> 恐怖的塔楼内的所有房间，
>
> 倒塌在地：——通过推翻的暴力，
>
> 出于愤怒；喊叫声淹没了
>
> 它带来的破坏[121]！

据乔治·勒费弗尔（Georges Lefebrvre）著《法国革命史》（*La Révolution Française*）载，在攻占巴士底狱的战斗中，堡垒指挥官"德洛内被人群带到市政厅门口，并在那里处死。不久，巴黎市商会会长弗莱塞尔遭到了同样的命运。人们割下他们的首级，刺在矛尖上，在市内游街示众"[122]。而在英国国内，白色恐怖也日趋严峻，不少共和主义者都公开变节。以罗伯斯庇尔、圣鞠斯特为首的雅各宾派在法国掌握了实权后，对吉仑特派进行了大量的血腥屠杀，以丹敦为首的右派集团和以埃贝尔为首的左派集团均被镇压。华兹华斯在法国的不少革命者命丧断头台，华兹华斯以提前回国而幸免于戕害。法国革命摧枯拉朽、滥杀无辜的种种场面让他震惊恐惧以至于夜不能成眠，恶梦中惊现"绝望和暴虐的可怕景象，／还有那死亡的刑具"[123]。1792 年，他自法国退回英国。1995 年，他撤至多塞特郡的雷斯唐农庄居住。1799 年，他再撤到英格兰北部湖区格拉斯米尔的鸽庄（Dove Cottage in Grasmere）居住，沉醉山水，自然成为他全身远祸的场所。

（五）主体复归媒介的自然

主体复归也可将之理解为消解异化。异化（名词为 alienation，动词为 alienate[124]）即一件事物转化成它本身的对立面，成为异于自己的、与自己疏远了的另外一种事物。换言之，异化就是主观创造了客观，而客观又反过来主宰了主观。在西方文学史上，十九世纪末、二十世纪初出现了现代主义，人的异化是文学创作的主题。自然对人内心的种种矛盾"起着调和的作用"[125]，它

---

121 William Wordsworth, Book Third "Despondency", Lines 711-716, *The Excursion, The Collected Poetry of William Wordsworth*, Ware: Wordsworth Editions Limited, 1994, p.796.

122 乔治·勒费弗尔著，《法国革命史》，顾良、孟湄、张慧君译，北京：商务印书馆，2019，第 129 页。

123 王佐良著，《英国浪漫主义诗歌史》，北京：人民文学出版社，1991，第 82 页。

124 alienate，或译疏远化、外化。

125 Nancy Bunge, "Women in Sherwood Anderson's Fiction", *Critical Essays on Sherwood Anderson*, p.224.

能"打碎自我的隔离，解放隐藏的、未发现的自我"[126]。在某些作家的作品中，自然是人消解异化的媒介。在舍伍德・安德森（Sherwood Anderson, 1876-1941）的《小镇畸人》（*Winesburg, Ohio*）中，如伊丽莎白・威拉德（Elizabeth Willard）、路易丝・本特利（Louise Bentley）、杰西・本特利（Jesse Bentley）、柯蒂斯・哈特曼（Curtis Hartman）、伊诺克・罗宾逊（Enoch Robinson）、力菲医生（Doctor Reefy）、艾丽斯・兴德曼（Alice Hindman）和凯特・斯威夫特（Kate Swift）等所有的畸人，无论男女老幼，都未能通过性、婚姻、向上帝祈祷等主观努力摆脱困境，但当她们在本能的驱使下进入野外的时候，却在同自然接触的过程中意外成功寻求到了某种暂时的安宁与舒适，在一定程度上消解了异化。常耀信在《美国文学简史》（A Survey of American Literature）中评论道："尽管弗罗斯特主要描绘新英格兰的风景，但是那些乡村生活的场景却反映了现代社会经历的片断。"[127]罗伯特・弗罗斯特（Robert Frost, 1874-1963）田园诗的现代性之一就在于其异化主题。从内容看，他诗歌中出现的异化多种多样，其中主要的有："美国梦"对人的异化，这在《摘苹果之后》、《收落叶》等作品中有反映；社会分工对人的异化，这在《各司其职》（"Departmental"）中有反映；社会组织对人的异化，这在《意志》（"Design"）中有反映；社会责任对人的异化，这在《雪夜在林边停留》中有反映；自然对人的异化，这在《雪夜在林边停留》中有反映。在他的这类诗歌中，往往是以苹果、落叶、蚂蚁、蜘蛛、树林等自然景物为切入点来展开异化问题的讨论的。至于如何消解异化，在他诗歌中并没有明确提出具体多样的方法。如果说有的话，那也只有回归自然这一途径，自然在消解异化中充当了媒介的作用。在《雪夜在林边停留》中，诗中人自言："还有好多诺言要履行，／安歇前还须走漫长的路程，／安歇前还须走漫长的路程。"考之原诗，"安息"一词译自动词"sleep"[128]。动词"sleep"除在一般情况下指睡眠外，在诗歌或其它文学体裁中亦可指死亡，这在《新牛津英语词典》（*The New Oxford Dictionary of English*）中有清楚之解释："〈诗歌／文学〉

---

126 Epifanio San Juan, Jr., "Vision and Reality: A Reconsideration of Sherwood Anderson's 'Winesburg, Ohio'", *American Literature*, Volume 35, No. 1, March, 1963.

127 Chang Yaoxin, *A Survey of American Literature*, Tianjin: Nankai University Press, 1990, p.270.

128 *The Norton Anthology of American Literature*, Volume 2, Part 2, edited by Nina Baym, Ronald Cottesman, Laurence B. Holland, David Kalstone, Francis Murphy, Hershel Parker, William H. Pritchard, and Patricia B. Wallace, the 3rd edition, London: W. W. Norton & Company, Ltd., 1989, p.1103.

长眠；埋躺在地下。"（"〈poetic / literary〉be at peace in death; lie buried."[129]）
普遍认为，弗罗斯特的诗歌往往具有"骗人的简朴"（deceptive simplicity）。据
这种看法，《雪夜在林边停留》中的"安息"恐怕不只是表示普通意义上的睡
眠那样简单，而当是另有深意，这便是表示死亡之长眠。诗中人所要履行之"好
多诺言"当指他所肩负的种种社会义务和责任，这些义务和责任使他背上了沉
重的思想和精神包袱，并对他产生了极大的异化。他对这种异化欲罢不能，只
有借助于眼前恬淡寂静的树林、轻轻吹拂的柔风和漫漫飘落的雪花来予以一
定程度的消解，从而求得某种暂时的思想和精神解脱。关于文学与现实的关
系，西方二十世纪新马克思主义（Neo-Marxism）文论家认为，作品表现完整
的人和社会结构。在卢卡契看来，最伟大的艺术家是那些能恢复和再创造和谐
的人类生活整体的艺术家。资本主义的异化日益加剧一般和特殊、概念和感
觉、社会和个人之间的分裂，而在这样一个社会中，伟大的作家则把这些东西
辨证地结合成一个复杂的整体[130]。特里·伊格尔顿（Terry Eagleton）在《马克
思主义与文学批评》（*Marxism and Literary Criticism*）中写道："在这样做的时
候，伟大的艺术与资本主义社会的异化和分裂作斗争，展示丰富多样的人类整
体形象。"[131]弗罗斯特诗歌中以自然为媒介的有关异化的描写，使他的诗歌既
具有鲜明的时代属性，又具有浓厚的社会色彩。

对于华兹华斯来说，自然是主体复归的媒介。

在华兹华斯的诗歌中，自然是以同社会对立的面目出现的。华兹华斯《序
曲》第一卷：

> ……看着雾蔼的
> 银花白环，或宽阔而平静的水面
> 被飘临的云朵随意渲染，我会在
> 纯粹的肉体享受中陶醉忘情[132]。

华兹华斯《11 月 1 日》：

---

129 *The New Oxford Dictionary of English*, edited by Judy Pearsall, London: Oxford University Press, 1998, p1750.

130 张首映著，《西方二十世纪文论史》，北京：北京大学出版社，1999，第 308 页。

131 ［英国］特里·伊格尔顿著，《马克思主义与文学批评》，文宝译，北京：人民文学出版社，1980，第 32 页。

132 第一卷《引言——幼年与学童时代》第 563-566 行，［英国］威廉·华兹华斯著，《序曲》，丁宏为译，北京：中国对外翻译出版公司，1999，第 22 页。

远山峰顶的银辉，那样皎洁，

那样明锐，那样亮得出奇！

峰顶铺满了雪絮，柔润无比，

竟似另一个太阳照临世界，

光焰煌煌，要斥退临近的黑夜

和闪闪繁星。此际，可有人乐于

踏上那琼峰玉顶——要是他能去？

那儿呵，虽也属尘世，却未遭尘劫：

营营扰扰的众生，败坏了人寰，

却无力飞上雪峰，把那儿污染；

天神也不会侵损那一片美景——

皓白，璀璨，无瑕，纯然明净；

坚贞耐久，阅尽了兴废变迁，

只待春回，看幽谷繁花开遍[133]。

自然是社会的对立，是人实现主体复归以获取自由的媒介。拜伦在自然中找到了友谊、无限和自由，他写道：

我已经和周遭的大自然连在一起，

我好像已经不再是原来的自我；

在喧嚣的城市里，我总觉得厌腻，

高山却始终会使我感到兴奋快乐；

大自然的一切都不会令人厌恶，

只怨难以摆脱这讨厌的臭皮囊，

它把我列进了那芸芸众生的队伍，

虽然我的灵魂却能够悠然飞翔，

自由地融入天空、山峰、星辰和起伏的海洋[134]。

夏多布里昂也在自然中获取到了自由，他说：

当我经过莫浩克进入从未被砍伐过的原始森林时，一种自由的

迷醉攫住了我：我从一棵树旁走到另一棵树旁，从坐走到右，自言

---

133 华兹华斯，《11月1日》（1815年），［英国］华兹华斯著，《华兹华斯诗歌精选》，杨德豫译，太原：北岳文艺出版社，2000，第145页。

134 ［美国］欧文·白璧德著，《卢梭与浪漫主义》，孙宜学译，石家庄：河北教育出版社，2003，第167页。

自语地说："这里没有路，没有城市，没有君主制或共和国，没有总统或国王或人。"为了发现自己已经恢复了天赋的权利，我随心所欲做了很多事情，使我的向导大为震怒，在他心里，他一定相信我疯了[135]。

雅克·拉康（Jacques Lacan, 1901-1981）认为，镜像阶段是人的主体性丧失的初始阶段，它可图示为：本真自我——镜像自我——分裂的自我。镜像阶段是主体生存史的一个二律背反的时刻，自我是通过镜中作为他者的自我镜像的认知而认出自身身份的，因此自我本身作为知觉的主体遂与作为镜像的自我身体形成永恒的矛盾，从而造成自我的永恒分裂[136]。在华兹华斯这里，自然所呈现的自我正是人主体性复归的一个重要环节，它可图示为：本真自我——镜像自我——复归的自我。自然是一面镜子，在这面镜子中，诗人努力去认识自我。从本质上看，这种自我是经过幻灭与调适后主体性的复归。

华兹华斯认为，自然具有向导性，他宣称道：

> 春天树木的一个冲动，
>
> 教给你关于人，
>
> 关于道德的善恶的知识，
>
> 比所有哲人还多[137]。

华兹华斯在诗歌中还有不少关于自然的向导性的暗示，《露西·格瑞》（"Lucy Gray"）：

> 露西的住处是辽阔的荒地，
>
> 她没有同伴和朋友；
>
> 人世间千家万户的孩子里
>
> 就树她最甜蜜温柔[138]！

露西生活在自然的怀抱之中，既无伙伴，亦无朋友，有的只是自然之景，而她却是人世间最甜蜜温柔的姑娘，这说明从自然中自发产生的东西要比人

---

135 ［美国］欧文·白璧德著，《卢梭与浪漫主义》，孙宜学译，石家庄：河北教育出版社，2003，第 165 页。

136 严泽胜，《拉康与分裂的主体》，《国外文学》2002 年第 3 期，第 4 页。

137 ［美国］欧文·白璧德著，《卢梭与浪漫主义》，孙宜学译，石家庄：河北教育出版社，2003，第 148 页。

138 华兹华斯，《露西·格瑞》（1799 年），［英国］华兹华斯著，《华兹华斯诗歌精选》，杨德豫译，太原：北岳文艺出版社，2000，第 10 页。

通过主观努力获得的还要好。《序曲》第一卷：

> 我环顾着，心灵并未因自由而惊慌，
>
> 而是充满欣喜；倘若选定的
>
> 向导仅是一朵飘游的孤云，
>
> 我就能知道去向[139]。

孤云是自然的象征，凭借孤云而确定去向意即将自然作为向导而确定心灵之去向。《序曲》第四卷：

> ……一条长长的
>
> 山坡路引导着我回家的脚步，路面
>
> 湿滑，将那闪烁的银光一直
>
> 引向高高的山脊，宛若又一条
>
> 小河在月下轻轻地流淌，悄悄地
>
> 汇入山谷中喃喃低语的溪流[140]。

这"长长的上坡路"具有象征意义，暗示着自然对的心灵的引导。《序曲》第十三卷：

> ……那时每天目睹同一条
>
> 路线，伸向我脚步不及的远方，
>
> 消失在那座秃山的极顶，像是
>
> 邀我走入无边无际的太空，
>
> 或是引导我走向永恒[141]。

上诗中提到了"同一条线路"，它指的是他家乡温德河的对岸的一条山路，这条山路给他留下了美好的、难忘的记忆，暗示着自然对心灵的向导。关于自然的引导作用，他在《序曲》第八卷之末说得再明白不过了：

> 就这样，啊，朋友！从很小的时候
>
> 开始，我的思绪逐渐被引向

---

139 第一卷《引言——幼年与学童时代》第15-18行，［英国］威廉·华兹华斯著《序曲》，丁宏为译，北京：中国对外翻译出版公司，1999，第1页。

140 第四卷《暑假》第378-383行，［英国］威廉·华兹华斯著，《序曲》，丁宏为译，北京：中国对外翻译出版公司，1999，第95页。

141 第十三卷《想象力与审美力，如何被削弱又复元——结尾》第145-149行，［英国］威廉·华兹华斯著，《序曲》，丁宏为译，北京：中国对外翻译出版公司，1999，第332页。

人世间，引向人类生活的善恶

与祸福：大自然引导着我。有时，

在喧杂的人群中，我似能独立行走，

不要她的帮助，似乎已将她

忘记，但其实不然。在我一贯的

思维中，人世的分量从未超过

她的世界；尽管爱的磅秤

每天添加着重物，但若与她那些

壮丽景色相比，还是太轻[142]。

对于华兹华斯来说，自然是力量的源泉，《序曲》第十三卷：

激情来自大自然，安恬的心境

也同样是大自然的馈赠。这是她的

荣耀；这两种特征是一对犄角，

她的力量由此构成。因此，

富有创造力的人发现她是最好、

最真的朋友，因为，他们的成长

注定依赖清宁与激励的交替；

从她的世界中获得能量，去寻求

真理；或得到心灵的安恬，使他们

无需追求即能将真理领受[143]。

华兹华斯是英国浪漫主义诗人，而对自然的歌颂和对城市的诅咒是浪漫主义的一个重要特征。如《转折》（"The Tables Turned"）：

唱得多畅快，这小小画眉！

听起来不同凡响；

来吧，来瞻仰万象的光辉，

当自然做你的师长。

---

142 第八卷《回溯：对大自然的爱引致对人的爱》第 676-686 行，［英国］威廉·华兹华斯著，《序曲》，丁宏为译，北京：中国对外翻译出版公司，1999，第 227 页。

143 第十三卷《想象力与审美力，如何被削弱又复元——结尾》第 1-10 行，［英国］威廉·华兹华斯著，《序曲》，丁宏为译，北京：中国对外翻译出版公司，1999，第 327 页。

自然的宝藏丰饶齐备，

　　能裨益心灵、脑力——

生命力散发出天然的智慧，

　　欢愉显示出真理。

春天树林的律动，胜过

　　一切圣贤的教导，

它能指引你识别善恶，

　　点拨你做人之道。

自然挥洒出绝妙诗篇；

　　理智却横加干扰，

它毁损万物的完美形象——

　　剖析无异于屠刀[144]。

《廷腾寺》：

能从自然中，也从感官的语言中，

找到我纯真信念的牢固依托，

认出我心灵的乳母、导师、家长，

我全部精神生活的灵魂[145]。

他在《序曲》第七卷中写道：

　　大自然！在那巨城的人与物的漩涡中，

我怀着厚重的虔诚，真切地感觉到了

我曾接受的惠赐，来自你，来自

那些由乡间的静谧统辖的妙境，

它们首次将美感注入我的

心中；优美的境地，远胜过那个

万树名园——热河的无与伦比的山庄[146]。

自然能作心灵的乳母、导师、家长，一言以蔽之日，从自然中能找到整个

---

144 华兹华斯，《转折》（1798 年），［英国］华兹华斯著，《华兹华斯诗歌精选》，杨德豫译，太原：北岳文艺出版社，2000，第 214-215 页。

145 华兹华斯，《廷腾寺》（1798 年 7 月 13 日），［英国］华兹华斯著，《华兹华斯诗歌精选》，杨德豫译，太原：北岳文艺出版社，2000，第 128 页。

146 第八卷《回溯：对大自然的爱引致对人的爱》第 70-76 行，［英国］威廉·华兹华斯著，《序曲》，丁宏为译，北京：中国对外翻译出版公司，1999，第 204-205 页。

精神的灵魂，这是华兹华斯追求的最高境界，它标志着他由分裂的自我通过自然之镜回归本真自我的完成。

自然也是连接人与人之间的纽带。《序曲》第六卷：

　　……我歌唱你，

　　你那成林的粟树、成片的玉米，

　　还有玉米地中那些目光

　　幽邃的农家姑娘；你那陡峭的

　　山崖、荫蔽的山路——覆盖着如篷的

　　藤蔓，使城与城相接，家与家相联，

　　成为它们之间惟一的纽带；

　　你那蜿蜒不绝的小径和幽寂的

　　街道，若无音乐，只有宁静[147]。

在上引诗行中，"你"指的是科莫湖（Como），是洛加诺镇（Locarno）东面不远处一个风光秀丽的地方。这里的"粟树""玉米""农家姑娘""山崖""山路"和"藤蔓"是自然的具体化，它们在城与城、家与家的沟通中发挥着重要的作用，是连接人与人之间惟一的纽带。

《序曲》第三卷《寄宿剑桥》第 364-372 行：

　　无暇他顾，因心灵几乎全被

　　那些可爱的景物占有，她凭

　　本能去感受，能在她所爱恋的

　　客体中发现生机与活力，一种

　　胜过一切的魔力[148]。

不光是写景，而且是抒情，将写景同抒情结合起来，达到情景交融的境界，主体情感在自然美景中得到了复归。

（六）创作灵感源泉的自然

席勒认为，诗人是从自然得到灵感的，他在《朴素的诗和伤感的诗》中写道：

---

[147] 第六卷《剑桥与阿尔卑斯山脉》第 661-669 行，［英国］威廉·华兹华斯著，《序曲》，丁宏为译，北京：中国对外翻译出版公司，1999，第 154-155 页。

[148] ［英国］威廉·华兹华斯著，《序曲》，丁宏为译，北京：中国对外翻译出版公司，1999，第 66-67 页。

即使在现在，自然仍然是燃烧和温暖诗人灵魂的唯一火焰。唯有从自然，它才得到它全部的力量；也唯有向着自然，它才在人为地追求文化的人当中发出声音。任何其他表现诗的活动的形式，都是和诗的精神相距甚远的[149]。

罗伯特·勃莱（Robert Bly, 1926-2021）[150]认为，诗人在自然中可以找到创作的灵感，因此，他力主美国诗人应破除清规戒律，屏弃清教徒式方正古板的生活方式，"移居西部，孤身深入荒野旅行，以此来发现自己艺术创作的源泉"[151]。亚历山大·蒲伯（Alexander Pope, 1688-1744）在《人论》（"An Essay on Man"）中写道："整个自然都是艺术，不过你不领悟；……"[152]华尔特·萨维其·兰陀（Walter Savage Landor, 1775-1864）在《七五生辰有感》（"On His Seventy-Five Birthday"）中写道："爱的是自然，其次是艺术。"[153]威廉·柯柏（William Cowper, 1731-1800）幼年丧母，郁郁寡欢，但置身自然的乡村生活不仅缓解了他的精神病，而且还激发了他的才思，"使他对园艺、诗歌产生了兴趣"[154]。诗人之所以认为能在自然中找到灵感，或许是由于自然是可见、可闻、可知而又难于以常见方式加以表达之故，艾米莉·伊丽莎白·狄金森（Emily Elizabeth Dickinson, 1836-1886）在《"自然"，是我们所见》（"'Nature' Is What We See"）中写道：

> "自然"，是我们所见——
>
> 午后的光景，山峦——
>
> 松鼠，野蜂，阴影——
>
> 自然，甚至，是乐园——

149 ［德国］席勒著，《朴素的诗和伤感的诗》，蒋孔阳译，伍蠡甫主编，《西方文论选》上卷，上海：上海译文出版社，1979，第489页。

150 Robert Bly：或译罗伯特·布莱，详见：杨挺，《为有源头活水来——简论勃莱在为美国引进西班牙语诗歌方面的作用和贡献》，《国外文学》2000年第3期，第33页。

151 杨挺，《为有源头活水来——简论勃莱在为美国引进西班牙语诗歌方面的作用和贡献》，《国外文学》2000年第3期，第37页。

152 ［英国］蒲伯，《人论》，王佐良，《英诗的境界》，北京：生活·读书·新知三联书店，1991，第27页。

153 ［英国］兰陀，《七五生辰有感》，王佐良，《英诗的境界》，北京：生活·读书·新知三联书店，1991，第205页。

154 侯维瑞主编，《英国文学通史》，上海：上海外语教育出版社，1999，第261页。

"自然"，是我们所闻——

大海的喧嚣，雷霆——

食米鸟叫，蛩鸣——

自然，甚至，是和声——

"自然"，是我们所知——

我们却无法说明

要道出她的淳朴——

我们的智慧无能[155]——

有一天，威廉·柯伦·布莱恩特（William Cullen Bryant, 1794-1878）孤身前往新的工作地点，不免心情抑郁、茫然若失。猛然间，他看见一只水鸟掠过长空、形单影只，怜悯、感慨之情油然而生，进而联想到自己的独行，豁然开朗，坦然而自信，灵感涌来，信手写下被马修·阿诺德（Matthew Arnold, 1822-1888）称为"英语中最完美的短诗"[156]的《致水鸟》（"To a Waterfowl"）。

对于华兹华斯来说，自然是文学创作中灵感的源泉。

乔艳在《华兹华斯在中国的影响与接受研究》中评价华兹华斯说："他人生最初的记忆就是德温特河（Derwent）温柔的流水声，而这一地区的自然景色后来不断出现在他的诗歌中，成为他灵感的重要来源。"[157]华兹华斯 1779 年进入霍克斯海德语法学校学习，学校周围环境幽美，景色宜人。他在这里阅读爱德华·杨格、托马斯·格雷、托马斯·帕西、罗伯特·彭斯、乔治·克拉布、约翰·兰霍恩、威廉·申斯顿的作品，用自己对于自然和心灵的热爱发扬了这些诗人构成的系统[158]。华兹华斯在《永生的信息》（"Ode: Intimations of Immortality from Recollections of Early Childhood"）的末尾坦白："对于我，最平淡的野花也能启发 / 最深刻的思绪——眼泪所不能表达。"[159]

华兹华斯诗人灵魂的播种季节是在奢华的自然风光中度过的，自然引导

155 ［美国］狄金森著，《狄金森抒情诗选》，江枫译，长沙：湖南文艺出版社，1996，第217页。

156 刘守兰编著，《英美名诗解读》，上海：上海外语教育出版社，2003，第31页。

157 乔艳，《华兹华斯在中国的影响与接受研究》，四川大学博士学位论文，2014，第12页。

158 后商，《华兹华斯诞辰250周年：心灵的序曲和不朽的俗子》，《新京报》2020年4月7日。

159 华兹华斯，《永生的信息》（1802-1804年），［英国］华兹华斯著，《华兹华斯诗歌精选》，杨德豫译，太原：北岳文艺出版社，2000，第252页。

着他，自然想让他成为诗人，自然教他怎样超越自然，自然帮助他"挫败视觉的／专制"[160]。《序曲》第二卷：

> ……我当时看到大自然的
> 恩泽如海波一般在周围起伏。
> 就这样，随着岁月的掠过，大自然
> 漾及我的灵魂，给我无尽的
> 收获，让我所有的思绪都在
> 情感中浣沐[161]。

这是对学童生活的回忆。《序曲》第二卷：

> 啊，大自然，你的恩泽！是你
> 为我崇高的思索提供食粮；
> 在你的怀抱中，我为这烦乱的心房
> 找到最纯净的激情和永不衰替的
> 欢乐之道[162]。

《序曲》第二卷：

> 　　　　　春夏
> 与秋冬，花树与风雪，夜色、天光、
> 夕烟、朝阳，还有梦中与醒时的
> 思想——全都源源不断地送来
> 食粮，滋养着我与大自然相处时
> 那虔诚的情感[163]。

所谓为崇高的思索提供食粮，即为崇高的文学创作提供精神的营养。《序曲》第四卷：

> ……我看见，最宏大的
> 构思激荡心扉时，仍有胜似

160 第十二卷《想象力与审美力，如何被削弱又复元》第 134-135 页，［英国］威廉·华兹华斯著，《序曲》，丁宏为译，北京：中国对外翻译出版公司，1999，第 316 页。
161 第二卷《学童时代（续）》第 394-399 行，［英国］威廉·华兹华斯著，《序曲》，丁宏为译，北京：中国对外翻译出版公司，1999，第 46 页。
162 第二卷《学童时代（续）》第 447-451 行，［英国］威廉·华兹华斯著，《序曲》，丁宏为译，北京：中国对外翻译出版公司，1999，第 47-48 页。
163 第二卷《学童时代（续）》第 353-357 行，［英国］威廉·华兹华斯著，《序曲》，丁宏为译，北京：中国对外翻译出版公司，1999，第 44 页。

> 田园的恬谧，还有凭着不挠的
>
> 耐力而最终赢得的平静或辉煌。
>
> 带着这些思绪，我在树丛中
>
> 坐下，继续冥思，[164]……

在《序曲》第六卷中，他先描绘了洛加诺镇的自然景色，然后忍不住对它大加赞叹：

> ……洛加诺！你舒展而
>
> 辽阔，似一片天宇，竟如此紧贴着
>
> 我诗情漾动的心房，今天仍沐浴着
>
> 记忆的阳光[165]。

洛加诺镇美丽的自然景色同他的诗情是联系在一起的，对他的诗歌创作起到了催生的作用。《序曲》第十三卷：

> 有谁不喜欢用自己的目光追随
>
> 乡间公路的蜿蜒？自从初入
>
> 童年，这个景象就一直激发着我的
>
> 想象[166]。

他在剑桥大学的第一个暑假之后，觉得已"拥有诗人的灵魂"[167]，他决定做一个诗人，认为这是自然赋予他的使命。浪漫主义诗人都认为，灵感的获得同自然有很大的关系，雪莱甚至认为自然是灵感的唯一源泉，其他人则认为，灵感的获得同自然有很大的关系，但自然已经不再是一切了。郭群英在《英国文学新编》（*British Literature*）中谈到英国湖区（the Lake District）时说："这一地区自然的美丽和伟大成了华兹华斯一生中灵感的主要源泉。"[168]《序曲》第七卷：

---

164 第四卷《暑假》第 174-179 行，［英国］威廉·华兹华斯著，《序曲》，丁宏为译，北京：中国对外翻译出版公司，1999，第 87 页。

165 第六卷《剑桥与阿尔卑斯山脉》第 656-659 行，［英国］威廉·华兹华斯著，《序曲》，丁宏为译，北京：中国对外翻译出版公司，1999，第 154 页。

166 第十三卷《想象力与审美力，如何被削弱又复元——结尾》第 142-145 行，［英国］威廉·华兹华斯著，《序曲》，丁宏为译，北京：中国对外翻译出版公司，1999，第 332 页。

167 第六卷《剑桥与阿尔卑斯山脉》第 42 行，［英国］威廉·华兹华斯著，《序曲》，丁宏为译，北京：中国对外翻译出版公司，1999，第 131 页。

168 Guo Qunying, *British Literature*, Volume I, Beijing: Foreign Language Teaching and Research Press, p.145.

> 昨夜温润的情感漫及今晨，
>
> 阳光下，那片我钟爱的树林在空中
>
> 抛着黑沉沉的枝叶，似乎要为
>
> 疾风造型——是它呼唤我胸中
>
> 这林涛般的情感，一种有助于诗人
>
> 创作的精神，让我重新开始
>
> 工作——满怀乐观的憧憬[169]。

这里，"疾风"意象象征的是创作的灵感，它是隐藏于胸中的林涛一样的情感，是强烈的创作冲动，而它又是由"阳光"、"树林"和"枝叶"等自然景物润育和催生的。《序曲》第二卷：

> 因为我常常在静谧的星空下独自
>
> 漫步，一边感觉着声响的所有
>
> 内涵，听它弥散出超逸于形状
>
> 或形象的崇高情绪；或者，当那
>
> 黑沉沉的夜空预示着风暴，我会
>
> 站在岩石下，听着空中的鸣叫
>
> 唱出古老大地的精神语言，
>
> 或在远来的风中隐去。此时
>
> 此刻，想象的力量注入胸中[170]。

华兹华斯认为，自然只有在幼稚的浪漫主义诗人那里才是一切，诗歌是在人与自然的和谐中产生的。他只有在童年时期，自然才是一切中的一切。在《廷腾寺》中，自然虽然得到了尊重，但它同《西风颂》中的自然已不再一样，已没有了神化的色彩。

（七）与人和谐一体的自然

华兹华斯注重人与自然的关系，强调人与自然的和谐。

罗宾德拉纳特·泰戈尔（Rabindranath Tagore, 1861-1941）研究后认为，莎士比亚戏剧中"存在人与自然的紧张对立而非和谐协调"，"弥尔顿的《失乐园》

---

169 第七卷《寄居伦敦》第 43-49，［英国］威廉·华兹华斯著，《序曲》，丁宏为译，北京：中国对外翻译出版公司，1999，第 168-169 页。

170 第二卷《学童时代（续）》第 303-311 行，［英国］威廉·华兹华斯著，《序曲》，丁宏为译，北京：中国对外翻译出版公司，1999，第 42 页。

中，人与自然万物并未形成真正的紧密关系，人是自然的君主"[171]。同其他英国世纪浪漫主义诗人一样，华兹华斯认为现代工业文明破坏了人与周围世界的和谐关系，于是把眼光转向农村，在自然中寻找和谐。在华兹华斯人与自然的和谐关系中，存在着一种平和宁静的特质，这在他的诗文作品中随处可见，华兹华斯的《序曲》的相关卷、《孤独的割麦女》（"The Solitary Reaper"）等，都是典型代表。

西方人早在欧洲文艺复兴时便提出"宇宙和谐歌唱"[172]的观点了。华兹华斯认为，自然中蕴涵着宇宙和谐的品格和素质，《序曲》第二卷："自然景物所内含的／品质和素质生出宇宙的力量／与和谐。"[173]

丹·麦克里欧（Dan Mcleod）在《美国荒野中的中国隐士》（"The Chinese Hermit in the American Wilderness"）中写道：

Any number of postmodern poets find the dissolution of assertive ego necessary to produce such poetry the best meams at getting at the truth of self that too much civlization with its complex of human roles, has obscured[174].

很多后现代诗人发现，必须要把武断的自我溶解掉，才能写出一种以最佳方式获得自我真实的诗歌；太多的文明因素，以及各种复杂的人之角色，已使自我的真实变得模糊了[175]。

在西方文学传统中，主体与客体界限分明，主体总是凌驾于客体之上。自然通常只是人类活动的背景，或是人类心智沉思的对象，诗人在描写自然时比较注重自我，倾向于表现主观意识。如，查尔斯·赖特（Charles Wright）《望出小木物的窗子，我想起一行李白的诗》（"Looking Outside the Cabin Window, I Remember a Line by Li Po"）：

在急驰的云之后

---

171 曹顺庆主编，《比较文学学科史》，成都：巴蜀书社，2010，第688页。

172 罗义蕴，《〈李尔王〉中的人与自然》，四川省高等学校外语教学研究会编，《四川省高等学校外语教学与研究论文集》第一辑，成都：四川人民出版社，1999，第505页。

173 第二卷《学童时代（续）》第323-324行，［英国］威廉·华兹华斯著，《序曲》，丁宏为译，北京：中国对外翻译出版公司，1999，第43页。

174 Dan Mcleod, "The Chinese Hermit in the American Wilderness", *Tamkang Review* 18 (1983-1984), p.170.

175 钟玲著，《美国诗与中国梦》，桂林：广西师范大学出版社，2003，第130页。

在天空蓝色的大动脉之中

天河流去

上有星槎

等待黑暗，等待可以发光的地方。

我们是可以看穿视觉的人

我们只看见语言，那燃烧的田野[176]。

在前五个诗行中，诗人写到了"急驰的云""天空""蓝色的大动脉""天河""星槎""黑暗""发光的地方"等自然景物，这些都是对自然本身的描写。但到了最后两个诗行，诗人却将自然景物描写为"燃烧的田野"和捕捉诗歌"语言"的客体，重点已转移到对诗人主观意识的抒发上，即诗人的主观意识从自然景物中脱离而出，自我主体凸显，一个武断而威势逼人的主体活脱脱地呈现了出来。

西方文学传统中诗人主体与自然客体的关系模式可以追溯到基督教文化，《圣经·旧约全书·创世记》：

上帝就照着自己的形像造人，

乃是照着他的形像造男造女。

上帝就赐福给他们，又对他们说："要生养众多，遍满地面，治理这地，也要管理海里的鱼、空中的鸟，和地上各类行动的活物。"

上帝说："看哪，我将遍地上一切结种子的蔬菜和一切树上所结有核的果子全赐给你们作食物。"[177]

自然万物是上帝为了人类而创造的，故在西方文化中，人与自然之间是主宰、利用和被主宰、被利用的关系。由此决定了，在西方文学传统中，诗人在描写自然时倾向于凸现自我、表现主观意识。

19 世纪浪漫主义诗歌中主观意识会笼罩外在的客观事物。华兹华斯的自然诗，虽然歌颂自然，但诗人主体思维、主体想象力仍然是诗之重点。如在《水仙》中，诗人将自我化身为一朵云霓，声称为湖边水仙之美而感动不已，但重点仍在他内在的眼睛。他客观地思维着，水仙在他心目中闪烁，他未完全神入到自然之中。又如《早春命笔》，全篇没有表现诗人与自然交融之感受，而是

---

176 钟玲著，《美国诗与中国梦》，桂林：广西师范大学出版社，2003，第 142 页。

177 《新约全书·创世记》，《圣经》（新标准修订版、新标点和合本），中国基督教协会，第 2 页。

诗人即主体对自然的生物客观作各种猜测以及对理性作出推想：

> 鸟雀们跳着玩着，我不知
>> 它们在想些什么；
> 但它们细小的动作举止
>> 仿佛都激荡着欢乐。
>
> 小树枝铺开如扇子，去招引
>> 缕缕轻快的微风；
> 我反复寻思，始终确信
>> 其中有乐趣融融。
>
> 倘若这信息得自天上，
>> 倘若这原是造化的旨意，
> 我岂不更有理由悲叹
>> 人这样作践自己[178]！

对于跳跃的群鸟、铺开的树枝和缕缕的轻风，他坦言不能测知它们的想法，但又感到它们似乎是愉悦和快乐的。物依然是物，我依然是我，主体与客体之间明显存在着一种无法打通的隔，这种隔在他在诗末所作的理性推想之中就更为彰显了。

在华兹华斯的有些诗歌中，即使主人公是卑微乃至于低贱的人物，似乎也能够同自然融为一体，达到某种程度的和谐。比如，《坎伯兰的老乞丐》（"The Old Cumberland Beggar"）记载了一个年老的乞丐（an aged Beggar）[179]，体弱多病，风瘫手抖，只能在附近一带沿着一定路线乞讨，是为生计，一天天，一年年，长此以往，周而复始。诗末是这样描写这个乞丐的：

> 就让他不管在何时何地，只要
> 他愿意，就在树荫下或者大路
> 旁的草坡上坐下，同鸟雀分享
> 他凭机遇获得的食物；而最后，
> 一如在大自然的照看下生活，

---

178 华兹华斯，《早春命笔》（1798 年），［英国］华兹华斯著，《华兹华斯诗歌精选》，杨德豫译，太原：北岳文艺出版社，2000，第 216-217 页。

179 *The Collected Poetry of William Wordsworth*, Ware: Wordsworth Editions Limited, 1994, pp.566-569.

让他在大自然的照看下死亡[180]！

尽管他是十分低贱的人物，但是他无论是生存还是死亡，似乎都深深地融入到自然之中了。

（八）神灵化身的自然

在西方文学史上，作家对自然的喜爱与崇拜同宗教产生联系，从而使自己眼中的自然带上原始迷信和神秘哲学的意味。美国当代黑人女作家艾丽斯·沃克（Alice Walker）在其小说《紫色》（*The Color Purple*）中借舒葛（Shug）之口说："上帝就在你和其他每一个人当中，你同上帝一道来到这个世界。""我相信上帝就是一切，是现在、过去和将来的一切，是你能够感觉到的、乐于去感觉的和业已发现的一切。"[181]这就是例证。

对于华兹华斯来说，自然乃是神灵的化身。

华兹华斯把自然整体看作神灵的体现，在其中看出不可思议的妙谛，感觉到超乎于人而时时支配着人的力量。自然若俯视万物的上帝，面对这样的上帝，他是平和、恬淡和典雅的。《致杜鹃》：

> 我静静偃卧在青草地上，
>
> 听见你呼唤的双音；
>
> 这音响从山冈飞向山冈，
>
> 回旋在远远近近[182]。

《转折》：

> 依山的斜日渐渐西垂，
>
> 把傍晚金黄的光焰，
>
> 把清心爽目的霞彩柔辉，
>
> 洒遍青碧的田园[183]。

听杜鹃音波，感彩霞柔辉，心如涓流，随之任之，人和自然的和谐中飘逸着一股静谧、雅淡之气。对华兹华斯来说，自然有时候又象一位羞花闭月的女

---

180 ［英国］威廉·华兹华斯著，《华兹华斯抒情诗选》，黄杲炘译，西安：陕西师范大学出版社，2016，第22页。

181 Alice Walker, *The Color Purple*, New York: Pocket Books, 1982, p.203.

182 华兹华斯，《致杜鹃》（1802年3月23-26日），［英国］华兹华斯著，《华兹华斯诗歌精选》，杨德豫译，太原：北岳文艺出版社，2000，第85页。

183 华兹华斯，《转折》（1798年），［英国］华兹华斯著，《华兹华斯诗歌精选》，杨德豫译，太原：北岳文艺出版社，2000，第214页。

郎。面对这样的女郎，他是激动、喜悦和狂热的。《无题：哦，夜莺！我敢于断定》：

> 哦，夜莺！我敢于断定
>
> 你有"烈火一样的心灵"：
>
> 一支支歌曲，锋芒锐利！
>
> 激越，和谐，又那样凌厉[184]！

《水仙》：

> 蓦然举目，我望见一丛
>
> 金黄的水仙，缤纷茂密；
>
> 在湖水之滨，树阴之下，
>
> 正随风摇曳，舞姿潇洒[185]。

耳闻夜莺之歌，目睹水仙之影，急急欲抱之入怀，忙忙想掬之入口，人和自然的和谐中浸透着狂热的、宗教式的情绪。实际上，他对自然的态度始终是宗教般的，他在它面前保持着静谧心境，但这种心境往往会被一种随之而来的狂喜之情所取代。

跟弗罗斯特展示的后达尔文世界（post-Darwinian world）不一样的是，华兹华斯展示的是前达尔文世界（pre-Darwinian world）。同约翰·济慈（John Keats, 1795-1821）一样，华兹华斯认为，自然不是一个无生气的、冰冷的牛顿世界，它是有生命和意义的，但它的意义只能靠心感、直觉和诗意去体会。浪漫主义认为，心是主动而非被动的。心赋有想象的力量，这种力量能够剖析自然所呈现的丰富而复杂的内容。浪漫主义并不避免感觉，自然本身就是感觉。

在华兹华斯的心目中，自然是神秘或具有神性的。《序曲》第一卷：

> 宇宙的智慧与精神！你是灵魂，
>
> 是超越时间、万世永存的思想，
>
> 你将生命与永恒的运动赋予
>
> 景物或眼中的形状；从我童年
>
> 初始时起，你就不分白天黑夜，
>
> 将那筑成人类灵魂的各种

---

184 华兹华斯，《无题：哦，夜莺！我敢于断定》（1806 年），［英国］华兹华斯著，《华兹华斯诗歌精选》，杨德豫译，太原：北岳文艺出版社，2000，第 90 页。

185 华兹华斯，《水仙》（1804 年），［英国］华兹华斯著，《华兹华斯诗歌精选》，杨德豫译，太原：北岳文艺出版社，2000，第 94 页。

情感交织在一起，你没有

白费心机；你从不凭借粗陋

而平庸的人类之作，而是靠崇高的

事物，靠永存的客体——靠生命和自然，

用如此手段净化情感和思想的

浊雨迷风，让痛苦和恐惧变得

圣洁，直至我们在人心的跳动中

发现一个宏伟壮丽的含义[186]。

据上引自述，宇宙不是冰冷死寂的存在；相反，它具有灵魂、智慧、思想和精神，存在于天地万物之中。

华兹华斯在《无题：我一见彩虹高悬天上》中表达了见到彩虹时的欣喜之情，程小玲、王智华认为："虹是一种自然现象，当七彩的虹出现在雨后初晴的蓝天白云里时，自然会引起孩子们的无限喜悦，但在华兹华斯的眼里它还有深层次的含义。彩虹代表着上帝的光辉和圣恩，诗人把自然视为圣灵体现的最高境界，山河花木、风云霞虹都富有灵性，且与人生构成有机和谐。"[187]

蒲柏在《人论》中写道："自然是躯体，上帝乃灵魂。"[188]整个世界秩序井然，恰如人之手足，各得其所。在雪莱的《西风颂》（"Ode to the West Wind"）中，雪莱变成了西风，西风变成了雪莱。与此相似的是，在华兹华斯的某些诗歌中，自然就是一种灵魂状态，灵魂就是一种自然状态，自然与灵魂融为了一体。《序曲》第一卷："大自然的灵魂，你们存在于天宇，／在地上！在山峦中显现！在那幽寂／凄清的地方！"[189]华兹华斯认为："每一种自然的形态、顽石、水果或鲜花，都给它一个有知的生命，看它们如何运用感情，不然，就把它们和某种情感联系起来。"[190]自然的神秘或神性他经常经历。他在《序曲》第一卷

---

186 第一卷《引言——幼年与学童时代》第 401-414 行，[英国] 威廉·华兹华斯著，《序曲》，丁宏为译，北京：中国对外翻译出版公司，1999，第 16 页。

187 程小玲、王智华，《恬静悠远的生态诗——陶渊明、华兹华斯诗歌中的生态思想比较》，《江西社会科学》2008 年第 11 期，第 111 页。

188 王佐良译，王佐良主编、金立群注释，《英国诗选》（注释本），上海：上海译文出版社，1993，第 223 页。

189 第一卷《引言——幼年与学童时代》第 464-466 行，[英国] 威廉·华兹华斯著，《序曲》，丁宏为译，北京：中国对外翻译出版公司，1999，第 18 页。

190 《浪漫主义》，[美国] 戴维·罗伯兹著，《英国史：1688 年至今》，鲁光桓译，广州：中山大学出版社，1990，第 118 页。

中描述说，孩童时期，他曾攀上岩崖劫掠鸟窝，但随即产生了一种奇异的感觉：

> ……—— 啊，此时此刻，
>
> 孤身一人垂悬在危崖上，只听那
>
> 燥风呼啸着，以何种奇妙的语言
>
> 在耳际吐泻！天空不像是尘世的
>
> 天空——飞纵的云朵多么迅捷[191]！

不仅自然本身，而且自然中的人也具有神性，《序曲》第八卷：

> ……当我还是个
>
> 散漫的学童，我已感到他在
>
> 自己的领地中这样生活，像个
>
> 君主，或像在大自然之下、在上帝之下，
>
> 统辖万物的神灵；有他的存在，
>
> 最威严的荒野也会再增几分
>
> 庄重。有时，当我在雨天去钓鱼，
>
> 走向山溪的源头，或在茫茫
>
> 迷雾中寻路于本无途径的荒丘，
>
> 我会突然看到他，就在不远处，
>
> 身材高大，在浓雾中昂首阔步，
>
> 四周的羊群酷似格陵兰的白熊；
>
> 或者，当他走出山丘的阴影，
>
> 他的轮廓会突现鲜明，殷红的
>
> 夕晖使其灵光四射，显出
>
> 神圣；或有时，我在远处看见他，
>
> 背衬着天宇，一个孤独而超然的
>
> 物体，俯瞰着群峰！像那修道院的
>
> 十字架孑然高耸于危崖上，让人
>
> 崇敬[192]。

---

191 第一卷《引言——幼年与学童时代》第 335-339 行［英国］威廉·华兹华斯著，《序曲》，丁宏为译，北京：中国对外翻译出版公司，1999，第 13 页。

192 第八卷《回溯：对大自然的爱引致对人的爱》第 226-275 行，［英国］威廉·华兹华斯著，《序曲》，丁宏为译，北京：中国对外翻译出版公司，1999，第 211-212 页。

这里的"他"指的是华兹华斯学童时期见到的一个牧人，这一牧人形象是"体现在人身上的大自然的／圣洁与尊严"[193]。放迹于自然之中，牧人身上体现出了某种超然的神性，它是自然的神性在人身上的复现，这种神性不禁让人肃然起敬。

在他看来，自然是心灵的最重要的镜子与向导，人和自然之间是可以沟通和交流的，自然的秀美给他慰藉，自然的威严给他训诫。同爱默生和亨利·戴维·梭罗（Henry David Thoreau, 1817-1862）一样，华兹华斯"把自然作为基本指示物来加以理解"[194]。

据《圣经·旧约全书·创世纪》载，世间万事万物包括人类本身在内都是上帝耶和华创造的，在以基督教为主干的西方文化中，有不少文人笔下的自然都同基督教有密切的关系。如罗伯特·勃朗宁（Robert Browning, 1821-1889）[195]、爱默生、梭罗、艾米莉·伊丽莎白·狄金森（Emily Elizabeth Dickinson, 1836-1886）等，都是这样的作家。勃朗宁《歌》：

　　一年恰逢春季，

　　一天正在早晨；

　　早上七点钟整；

---

193 第八卷《回溯：对大自然的爱引致对人的爱》第 296-297 行，［英国］威廉·华兹华斯著，《序曲》，丁宏为译，北京：中国对外翻译出版公司，1999，第 213 页。

194 "Robert Frost as Nature Poet", *Robert Frost: The Poet and His Critics*, edited by Charles Sanders, Urbana: University of Illinois, 1976, p.234.

195 Robert Browning：译作罗伯特·勃朗宁的，时有所见，详见：钱青主编，《英国 19 世纪文学史》，北京：外语教学与研究出版社，2006，第 166 页；［苏联］阿尼克斯特著，《英国文学史纲》，戴镏龄、吴志谦、桂诗春、蔡文显、周其勋、汪梧封译，北京：人民文学出版社，1959，第 286 页。不过，多译作罗伯特·布朗宁，详见：［英国］安德鲁·桑德斯著，《牛津简明英国文学史》（下），谷启楠、韩加明、高万隆译，北京：人民文学出版社，2000，第 637 页；［英国］乔治·桑普森著，《简明剑桥英国文学史》（十九世纪部分），刘玉麟译，上海：上海外语教育出版社，1987，第 124 页；王佐良主编，《英国诗选》，上海：上海译文出版社，2011，第 396 页；王佐良主编，金立群注释，《英国诗选》（注释本），上海：上海译文出版社，1993，第 559 页；侯维瑞主编，《英国文学通史》，上海：上海外语教育出版社，1999，第 422 页；［英国］弗·特·帕尔格雷夫原编，罗义蕴、曹明伦、陈朴编注，《英诗金库》，成都：四川人民出版社，1989，第 903 页。或译劳勃特·勃朗宁，详见：王佐良、李赋宁、周珏良、刘承沛主编，《英国文学名篇选注》，北京：商务印书馆，1983，第 915 页。亦或译洛伯特·伯朗宁，详见：梁实秋著，《英国文学史》（三），北京：新星出版社，2011，第 1128 页。

山边沾着露珠；

云雀正在展翼；

蜗牛趴在刺丛；

上帝安居天庭——

世界正常有序[196]！

爱默生更加直接地宣称，上帝和自然是一体的。狄金森尽管同自然小心翼翼地保持着距离，但她认为，自然是上帝和灵魂能会面的地方。柯勒律治的《古舟子咏》（"The Rime of the Ancient Mariner"）讲述的是月色朦胧的怪诞世界，在那里各种超自然的神秘的东西活跃着。华兹华斯认为，上帝和宇宙是对等的，二者是合二为一的，上帝无所不在、无时不在；自然是上帝的化身，自然是圣灵（the Divine Spirit）的体现[197]。《序曲》第六卷：

……但见不可丈量的山峰上，

林木在凋朽，朽极至永恒；有一个个

瀑布那凝止的冲落；这里，每一

转弯处都有阴风相逆，迷乱

而凄清；轰鸣的激流从碧蓝的天际

飞下，也有岩石在我们的耳边

低语——是些滴水的黑石在路边

交谈，似乎都有自己的嗓音

和语言；山溪湍急，凝视片刻，

即令人头晕目眩；放荡不羁的

云朵和云上的天宇则变换着骚动

与平静、黑暗与光明——峡谷中所有

这一切都像同一心灵的工场，

同一脸庞的容貌，同一棵树上的

花朵；是那伟大《启示录》中的

文字，是永恒来世的象征与符号，

---

196 布朗宁《歌》（1868），杨苡译，弗·特·帕尔格雷夫原编，罗义蕴、曹明伦、陈朴编注，《英诗金库》，成都：四川人民出版社，1989，第903页。

197 *A New Anthology of English Literature*, Volume II, edited and annotated by Luo Jingguo, Beijing: Beijing University Press, 1996, p.5.

属于最初、最后、中间、永远[198]。

这是华兹华斯在阿尔卑斯山一个狭长裂谷中之所闻所见，其中出现了"林木""瀑布""阴风""天际""岩石""山溪"和"云朵"诸多自然物象，它们都蒙上了一层神秘的色彩，是神性的体现。朽极与永恒、凝止与冲落、骚动与平静、黑暗与光明矛盾的事物与逆向的过程使山谷成了一个对立统一之所在，其中充满着冲突和恐怖。丁宏为注释说："由于启示一词（apocalypse）另有末日场景的含义，我们可联想到第一次末日般的恐怖事件是大洪水。根据现代地质理论，除山峰最高处外，阿尔卑斯的山峦确留下洪水的'笔迹'，因此诗人的比喻并不过分，且有很强的象征含义。"[199]关于"属于最初、最后、中间、永远"这一诗行，丁宏为认为，它"指永恒的上帝"[200]。《序曲》第八卷：

> ……感谢
>
> 支配大自然与人类的上帝，让我那
>
> 稚纯的目光首先见到如此
>
> 圣洁的人类形象，而且它与我
>
> 相隔的距离又如此恰当[201]。

这是华兹华斯对少儿生活回忆的一个片段，"人类形象"指的是他当时看到的一个牧人，这个牧人漫步于自然之中，同自然构成了一个和谐的整体。自然、自然中的人、自然和人身上所体现出来的神性，所有的这一切都是上帝意志的体现。

华兹华斯认为："自然是道德的伟大的教师，是快乐的主要输送者，自然还有远非如此的内涵：上帝存在于自然。"[202]他认为，宇宙本来是一个和谐的整体，人类和各种生物都是造化之子，可以和睦共处、互相亲近[203]，自然是可

---

198 第六卷《剑桥与阿尔卑斯山脉》第 624-640 行，［英国］威廉·华兹华斯著，《序曲》，丁宏为译，北京：中国对外翻译出版公司，1999，第 166 页。

199 第六卷《剑桥与阿尔卑斯山脉》注 51，［英国］威廉·华兹华斯著，《序曲》，丁宏为译，北京：中国对外翻译出版公司，1999，第 165-166 页。

200 第六卷《剑桥与阿尔卑斯山脉》注 51，［英国］威廉·华兹华斯著，《序曲》，丁宏为译，北京：中国对外翻译出版公司，1999，第 166 页。

201 第八卷《回溯：对大自然的爱引致对人的爱》第 301-305 行，［英国］威廉·华兹华斯著，《序曲》，丁宏为译，北京：中国对外翻译出版公司，1999，第 213 页。

202 John Burgess Wilson, *English Literature*, London: Longmans, Green and Co. Ltd., 1958, p.216.

203 华兹华斯，《无题：楞诺斯荒岛上，僵卧着，寂然不动》题注，［英国］华兹华斯著，《华兹华斯诗歌精选》，杨德豫译，太原：北岳文艺出版社，2000，第 151 页。

以亲近的。《序曲》第六卷：

> 从这同一的乐源中，我更多地享受到
> 安谧与幽邃，感觉到恒久与普在的
> 支配力量，以及最高的信仰；
> 我看到预兆宇宙万物的原始之型，
> 类似那至高无上的实在，那超越
> 一切的生命——超越了空间
> 与时间的边界，俯瞰一个忧伤的
> 空间，一段悲凉的时间；超越了
> 变化，无动于情感欲念的起伏
> 跌宕——它即是上帝，独享上帝的
> 名称。这些思绪是我青春时
> 频享的慰藉，每当它们涌起，
> 我就会感到超然的平静与空旷[204]。

他相信，灵魂普遍存在于自然之中，人的最佳状态出现于人同上帝能毫不费力地沟通交流之时。在《鹿跳泉》（"Hart-Leap Well"）中写道：

> 上帝寓居于周遭的天光云影，
> 　寓居于处处树林的青枝绿叶；
> 他对他所爱护的无害的生灵
> 　总是怀着深沉恳挚的关切[205]。

有的外国批评家把华兹华斯认定为灵视诗人，这是一种形而上的观点，指的是华兹华斯似乎具备通过自然的审视而体会到自然的神性。华兹华斯在《序曲》第二卷中叙述说，他喜欢沐浴于自然的恩泽之下：

> ……只有这时，我才
> 满足，因为在不可言喻的幸福中，
> 我感到生命的情感弥盖着所有
> 活动的和所有表面静止的事物；
> 所有为人类思想与知识所不及、

---

204 第六卷《剑桥与阿尔卑斯山脉》第 129-141 行，［英国］威廉·华兹华斯著，《序曲》，丁宏为译，北京：中国对外翻译出版公司，1999，第 135 页。

205 华兹华斯，《鹿跳泉》（1800 年 1 月或 2 月），［英国］华兹华斯著，《华兹华斯诗歌精选》，杨德豫译，太原：北岳文艺出版社，2000，第 122 页。

为肉眼所不见但却为人心所知的
活的事物；所有蹿跃的、奔跑的、
呼叫的、歌唱的或那些在半空中得意
搏击的生灵；所有在波涛下游动的
身躯，对，何不说波涛本身
或整个宏厚的大海。不要诧异——
如果我心荡神移，感到极至的
欢乐，如果我以如此方式
与天地间每一种被造物交流，看它们
以崇敬的表情和爱的目光注视着
造物的上帝[206]。

戴维·罗伯兹（David Roberts）在《英国史：1688 年至今》中写道：

华兹华斯把自然写成活的、充满了灵性的和神性的世界，它跃
然纸上，呼之欲出，象一付清凉剂，使人们如临春天的早晨，如观
含苞欲放的花朵和朝阳照耀之下的芳草[207]。

这实际上是对是通过对自然的凝视关照而重新认识自我主体性的过程。
他主张，要在神性自然中复归人性，《作于风暴中》：

这个人，正苦于灵魂的骚乱烦嚣，
　连祈祷也未能给他带来慰藉；
　他径自前行——正值狂风肆虐，
电光在白天奔窜，鬼祟习狡，
突如其来的惊雷震撼九霄；
　幽晦的树丛奏起癫狂的音乐，
　甩下一簇又一簇残存的黄叶；
天昏地暗，群狼也战栗惊噤，
仿佛太阳已陨没。他仰望苍穹，
　不由得灵魂一震：看哪！此刻

206 第二卷《学童时代（续）》第 399-414 行，［英国］威廉·华兹华斯著，《序曲》，
丁宏为译，北京：中国对外翻译出版公司，1999，第 46 页。

207 ［美国］戴维·罗伯兹著，《英国史：1688 年至今》，鲁光桓译，广州：中山大学
出版社，1990，第 121 页。

一块明净的天宇绽破了云层，

像蓝色圆盘——宣示着祥和宁静；

    是不露行迹的、不期而至的使者，

来自永远与凡民亲近的天廷[208]！

"亲近"一词在原诗中为"nigh"，该词屡见诸英译本《圣经》（*Holy Bible*），如《旧约全书·诗篇》（"Psalms", *The Books of the Old Testament*），意为上帝对凡人的亲近。在《作于风暴中》这首诗中，华兹华斯把自然同上帝糅合在了一起，自然具有了神性，而诗中作为人类代表的"他"也在对神性自然的关照中重新认识了自我的主体性，人性得到了恢复。《无题：好一个美丽的傍晚，安恬，自在》（"Untitled: It is a beauteous evening, calm and free"）："虔心敬奉，深入神庙的内殿，／上帝和你在一起，我们却茫然。"[209]杨德豫认为，这两个诗行表明了华兹华斯"亲近大自然也就是亲近了上帝"[210]的观点。又，《序曲》第四卷：

……出门时太阳西斜，或刚刚

落山，夜幕很快降临，并不

迷人，也非宁静，但一点严酷

却使人清醒，因为那晚风凛冽，

发出刺耳的响声。然而，正如

爱人忧伤时脸庞才最甜美，

或情感充溢时，任何表情都同样

诱人，那个傍晚也如此满足了

我的心愿。我的灵魂轻轻地

揭去她的面纱，在嬗变中现出

原本的真实，如站在上帝的面前[211]。

---

208 华兹华斯，《作于风暴中》（1819 年 2 月），［英国］华兹华斯著，《华兹华斯诗歌精选》，杨德豫译，太原：北岳文艺出版社，2000，第 146 页。

209 华兹华斯，《无题：好一个美丽的傍晚，安恬，自在》（1802 年 8 月），［英国］华兹华斯著，《华兹华斯诗歌精选》，杨德豫译，太原：北岳文艺出版社，2000，第 137 页。

210 华兹华斯，《无题：好一个美丽的傍晚，安恬，自在》（1802 年 8 月）注释，［英国］华兹华斯著，《华兹华斯诗歌精选》，杨德豫译，太原：北岳文艺出版社，2000，第 137 页。

211 第四卷《暑假》第 142-152 行，［英国］华兹华斯著，威廉·华兹华斯著，《序曲》，丁宏为译，北京：中国对外翻译出版公司，1999，第 86 页。

这是华兹华斯一天傍晚环湖漫步时对自然的感受。据《圣经·旧约全书·出埃及记》（"Exodus", *The Books of the Old Testament, Holy Bible*），摩西手里拿着两块法版下西奈山之后，脸上因同上帝说了话而发出光彩。在他跟众人说完话之后，"就用帕子蒙上脸。但摩西进到耶和华面前与他说话就揭去帕子"[212]。此处之"帕子"译自"veil"[213]，而"veil"又可译作"面纱"，"帕子"与"面纱"实际上是一回事，故上引华兹华斯诗歌的最后三行已明白无误地宣布：站在自然的面前就是站在上帝的面前，亲近自然就是亲近上帝。

华兹华斯的自然观有泛神论的特征。约翰·伯吉斯·威尔逊（John Burgess Wilson）在《英国文学》（*English Literature*）一书中写道："华兹华斯既非基督徒、自然神论者，亦非理性主义者。最好把他描述成为泛神论者，一个将自然宇宙等同于上帝的人，一个否认上帝凌驾于一切事物之上或拥有不同的'个性'的人。"[214]

华兹华斯的自然还蕴涵着某种道德的内涵。他认为，"自然是道德的伟大的教师"（the great teacher of morals）[215]。如在《廷腾寺》中，他不仅为读者着重展示了自然美景给人感官带来的愉悦，而且还昭示了"一种更深层次的道德意识，一种在多样性中的完整感"[216]。他清楚地意识到，他同自然之万物有着令人惊异的息息相通的联系，自然是激发狂喜之情的动力，是揭示灵魂运作的力量，是充满宁静意识的源泉。

浪漫主义的自然对人物和谐友善，现实主义的自然可供人物只有选择，到了自然主义那里自然便不是严酷无情，就是"无动于衷"，人物对此无法选择但是又不得不选择[217]。

艾布拉姆斯在《英国浪漫主义：时代的精神》（"English Romanticism: The Spirit of the Age"）一文中认为，英国浪漫主义将基督教关于"神性结合"（sacred

---

212 《旧约全书·出埃及记》，新标准修订版、新标点和合本《圣经》，中国基督教协会，第 136 页。

213 "Exodus", *The Books of the Old Testament, Holy Bible*. China Christian Council. p.136.

214 John Burgess Wilson, *English Literature*, London: Longmans, Green and Co. Ltd., 1958, p.217.

215 John Burgess Wilson, *English Literature*, London: Longmans, Green and Co. Ltd., 1958, p.216.

216 *A Course Book of English Literature* (II), compiled by Zhang Boxiang and Ma Jianjun, Wuchang: Wuhan University Press, 1998, p.165.

217 Donald Pizer, *Realism and Naturalism in Nineteenth-Century American Literature*, Cardendale and Edwardsville: Southern Illinois University Press, 1984, pp.6-9.

marriage）的宗教理想内化成为了主体与客体、心灵与自然的结合："耶稣与新耶路撒冷的结合转化成了主体和客体、心灵和自然的结合。后一种结合从旧的感觉世界中创造出了一个新世界。"[218]他在《优秀浪漫主义抒情诗中的结构和风格》（"Structure and Style in the Greater Romantic Lyric"）中认为，对于浪漫主义者而言，由一堆死寂的微粒组成的死寂的世界和将作为主体的人异化开来的世界"是不能忍受的，所以很多后康德时代的德国哲学家和诗人以及柯尔律治和华兹华斯等人的所有努力就是试图重新弥合由现代理性所剥离开了的、主体和客体之间的统一，从而恢复自然的生机，还原它的具体性、意义和人文价值，从而使人能够重新栖居在那个曾经疏离了他的世界家园之中。"[219]他认为，在浪漫主义的风景诗中，风景和寓意彼此融合为一个不可分离的整体，如在柯尔律治的《沮丧颂》（"Dejection: An Ode"）中，"自然就是思想，思想就是自然，彼此相互作用，构成了一种毫无间隙的隐喻连续性。""浪漫主义最优秀的风景诗都遵从了柯尔律治的模式，它们展示了主客体之间的相互作用，其中思想将已经蛰伏于外在景物之中的东西囊括并显现出来。当浪漫主义诗人面对着一道风景时，自我和非我之间的区分就已经消融于其间了。"[220]象征具有亲和性和交感性，它使心灵和自然、主体和客体融合到了一起。《序曲》第二卷：

> ……我的心灵放射出
> 辅助的光芒，它使落日的余辉
> 更加奇异；歌喉婉转的鸟儿，
> 翩然曼舞的柔风，还有喃喃
> 语声已十分动听的清泉，竟好似
> 顺服的属民，午夜的风暴也在
> 我的眼中变得更加昏沉[221]。

华兹华斯的自然还蕴涵着某种关于人生的内涵。他认为，人生是循环的旅程（a cyclical journey），起点最后会成为终点。关于他的人生哲学，在其杰作《序曲》（The Prelude）中有很好的体现。《序曲》以一个原初意义的旅程为开

---

218 Northrop Frye, *Romanticism Reconsodered*, New York and London: Columbia University Press, 1963, p.59.

219 Harold Bloom, *Romanticism and Consciousness,* New York: W. W. Norton, 1970, p.218.

220 Harold Bloom, *Romanticism and Consciousness*, New York: W. W. Norton, 1970, p.223.

221 第二卷《学童时代（续）》第 368-374 行，[英国] 威廉·华兹华斯著，《序曲》，丁宏为译，北京：中国对外翻译出版公司，1999，第 46 页。

端，这一旅程的目标是返回格拉斯米尔山谷（the Vale of Grasmere）。这一旅程经历了诗人的个人历史，它带有暗喻的含义，这一暗喻是他的心路之旅，是他对早年失去的自我之寻求，是对他适当的精神家园之寻求。他相信，自然可以使他的爱得以恢复。十九世纪的诗学对自然持有高度的严肃态度。

以上将华兹华斯的自然分为带来感官愉悦的自然、带来心灵震慑的自然、抚慰心灵痛苦的自然、全身远祸的自然、主体复归媒介的自然、创作灵感源泉的自然、与人和谐一体的自然、神灵化身的自然八个类别作了分析。在这八种境界中，第一至第五种具有一定功利主义的色彩，属于低层次的境界，反映了人类作为普通意义上生物的基本需求，是不受政治、经济、文化、种族、时间和空间等诸多因素制约的。第六种至第八种境界是对功利主义的提升与超拔，属于高层次的境界。这八个类别实际上就是藉以考察华兹华斯自然的八个观测点，或者藉以检查华兹华斯自然的八个扫描角度，通过这样的归类或考察或检查，可以较好地弄清华兹华斯自然的深厚内涵，从而加深对华兹华斯的认识。

威廉·华兹华斯的社会观探究

英国浪漫主义诗人、湖畔诗人（Lake Poets）领袖威廉·华兹华斯（William Wordsworth, 1770-1850）生活在一个一个远非美好的社会，较长时期对现实社会持批评的态度，形成了自己对理想社会的观念。

一、现实社会的状况

华兹华斯生活在英国新兴的工业社会，这是一个远非美好的社会。他生活的时代，英国工业革命得到了深入的发展，生产力极大提高，社会财富极大丰富："在 1780 年，全国的生铁产量要低于法国，而到 1848 年，则高于世界其余国家的总产量。而且，这时候煤的产量占全世界总产量的三分之二，棉布则占一半以上。"[1]但是，随着工业革命的深入发展，阶级分化也不断加剧，资本主义文明的弊端日益明显。法国大革命的爆发促使英国社会各种矛盾的激化，使一切政治和经济对立前所未有地、鲜明而尖锐地表现了出来。弗里德里希·冯·恩格斯（Friedrich Von Engels, 1820-1895）指出："文明每前进一步，不平等也同时前进一步。随着文明产生的社会为自己建立的一切机构，都转变为它们原来的目的的反面。"[2]1835 年，亚历克西·德·托克维尔（Alexis de Tocqueville, 1805-1858）[3]在《瑟堡社会学院论文集》（*Les Mémoires de la Société*

---

1 ［英国］阿萨·勃里格斯著，《英国社会史》，陈叔平、刘城、刘幼勤、周俊文译，北京：中国人民大学出版社，1991，第 229 页。

2 ［德国］恩格斯，《反杜林论·辩证法·否定的否定》，《马克思恩格斯选集》第三卷，北京：人民出版社，1972，第 179 页。

3 Alexis de Tocqueville: 或译亚力克西·德·托克维尔、亚列克西·德·托克维尔，详见：［法国］亚力克西·德·托克维尔著，《旧制度与大革命》，华小明译，北京：北京理工大学出版社，2013；［法国］阿列克西·德·托克维尔著，《旧制度与大革

accadémique de Cherbourg）上撰发文章《论贫困》（"Sur le paupérisme"），对英国工业化代表性城市曼彻斯特作了评价："在这里，文明创造了自己的奇迹，而文明人则几乎又变成野蛮人，从这条污浊的排水管中，排出人类工业的最大一股潮流去滋润全世界；从这条肮脏的下水道中，排出纯金的潮流。在这里，人类的发展成就既是最完备的，又是最野蛮的。"[4]野蛮的社会是丑陋的，英国社会的丑陋性集中体现在政治黑暗混乱、人民生活痛苦、环境受到破坏、人际关系冷漠、道德日益沦丧等几个方面。

（一）政治黑暗混乱

塞缪尔·约翰逊（Samuel Johnson, 1709-1784）在《伦敦》（"London: a Poem in Imitation of the Third Satire of Juvenal"，1738 年 5 月）中揭露十八世纪三十年代的伦敦说："除去可恶的贫穷遭人指责和羞辱，／无以计数的罪恶在这里通行无阻。"[5]罗伯特·彭斯（Robert Burns, 1759-1796）在《杰米不回来，和平无指望》（"There'll Never Be Peace Till Jamie Comes Hame"）中揭露了英国十八世纪的社会状况：

> 教会已衰落，国家又动荡，
>
> 骗局加压迫，战争杀人忙，
>
> 我们不明说，心里亮堂堂，
>
> 杰米不回来，和平无指望[6]！

彭斯在《我们干吗白白浪费青春》（"Why Should We Idly Waste Our Prime"）中又揭露道：

> 暴君践踏了我们很久很久，
>
> 　　法官原是他们的工具，
>
> 对那些王室的卑劣走狗，
>
> 　　需要人民奋起复仇[7]！

命》，李焰明译，南京：译林出版社，2018。

4　［英国］阿萨·勃里格斯著，《英国社会史》，陈叔平、刘城、刘幼勤、周俊文译，北京：中国人民大学出版社，1991，第 234 页。

5　吴景荣、刘意青主编，《英国十八世纪文学史》，北京：外语教学与研究出版社，2000，第 172 页。

6　［英国］彭斯著，《彭斯抒情诗选》，袁可嘉译，长沙：湖南文艺出版社，1996，第21 页。

7　［英国］彭斯著，《彭斯抒情诗选》，袁可嘉译，长沙：湖南文艺出版社，1996，第61 页。

18 世纪末，英国连年对法国用兵，国库空虚，人民贫困，伦敦的街巷、学校和教堂阴暗可怖，青少年遭到政府和教会的毒害与摧残。威廉·布莱克（William Blake, 1757-1827）在《经验之歌·伦敦》（"London", Songs of Experience）第四节中对此作了揭露：

> 更不堪的是在夜半大街上，
>
> 年轻妓女瘟疫般的诅咒，
>
> 它吞噬了初生婴儿的哭声，
>
> 把结婚喜榻变成了灵柩[8]。

珀西·比希·雪莱（Percy Bysshe Shelley, 1792-1822）在《1819 年的英国》（"England in 1819"）中描述了 19 世纪初的英国社会状况：

> 一个老而疯、昏庸、可鄙、快死的王，——
>
> 王侯们，那庸碌一族的渣滓，受着
>
> 公众的轻蔑——是污水捞出的泥浆——
>
> 是既不见、也无感、又无知的统治者，
>
> 只知吸住垂危的国家，和水蛭一样，
>
> 直到他们为血冲昏，不打便跌落，——
>
> 人民在荒废的田中挨饿，被杀戮，——
>
> 军队由于扼杀自由和抢劫，已经
>
> 成为两面锋刃的剑，对谁都不保护，——
>
> 漂亮而残忍的法律，是害人的陷阱；
>
> 宗教而无基督——一本紧闭的书；
>
> 议会，——把时间最坏的法令还不废除，[9]——

到了 19 世纪中叶，英国社会已是危机四伏，著名文学批评家威尔伯·卢修斯·克罗斯（Wilbur Lucius Cross, 1862-1948）在《英国小说发展史》（*The Development of the English Novel*）中作了生动的描写：

> 一八四八年，在英国，像在欧洲其余各国一样，是一个危急时期。这一年，英格兰各处工人麇集伦敦，向议院请愿，宣布他们的要求。在伦敦底街隅巷角，威灵敦埋伏了士兵。工人一时慑服了；

8　［英国］威廉·布莱克著，《布莱克诗集》，张炽恒译，上海：上海三联书店，1999，第 73 页。

9　［英国］雪莱著，《雪莱抒情诗选》，查良铮译，北京：人民文学出版社 1958，第 65 页。

但是他们是否静待时机，或因绝望而放弃他们的计划，却非当时所
能断定。有人以为在最近的将来只有混乱；又有人以为和平、博爱、
仁慈底盛世即可降临[10]。

同法国的自由相比，英国就相形见绌了，彭斯在《自由树》（"The Tree of
Liberty"）极为感慨：

老不列颠以前还能说笑话

在邻居面前出出风头，嗨！

你把不列颠的树林找遍，

马上大家都会发现，嗨，

这样的自由树可找不见

在伦敦和脱维特之间，嗨[11]。

英国的社会生活是一片混乱，伦敦即其缩影，《序曲》第七卷《寄居伦敦》
第 722-731 行：

哦，一片混乱！一个真实的

缩影，代表着千千万万巨城之子

眼中的伦敦本身，因为他们

也生活在同一种无止无休、光怪

陆离的琐事旋流中，被那些无规律、

无意义、无尽头的差异与花样搅拌

在一起，反而具有同一种身份——

这是对人的压迫，即使最高尚的

灵魂也必须承受，最强者也不能

摆脱[12]！

1793 年 2 月始，英国与欧洲大陆各方势力结成第一次反法联盟，粗暴干
涉别国民主自由，《序曲》第十卷《寄居法国——续》第 262-268 行：

……当不列颠武装起来，

---

10 ［美国］Wilbur L. Cross 著，《英国小说发展史》，王杰夫、曹开元合译，台北：五
洲出版社，1969，第 316 页。

11 ［英国］彭斯著，《彭斯抒情诗选》，袁可嘉译，长沙：湖南文艺出版社，1996，第
9 页。

12 ［英国］威廉·华兹华斯著，《序曲》，丁宏为译，北京：中国对外翻译出版公司，
1999，第 193-194 页。

拿出自由民主之邦所具有的力量，

加入那些同盟国中，这时我该

做何感想！哦，可叹，可耻！

我发现，从此刻起，不光我自己，而是

所有纯朴的青年都经历了心灵的

变化与破损[13]。

（二）人民生活痛苦

英国工业革命开始于 18 世纪 60 年代，完成于 19 世纪中期，它是一场巨大的经济变革，也带来了社会各方面剧烈的变化，其中有些变化是消极的。如，工业革命过程中出现的仓促的工业化给传统的农场经济带来了迅速的衰落，造成了农村社会的贫困与疾病。早在英国工业革命还处于开始阶段之际，托马斯·格雷（Thomas Gray, 1716-1771）便已感觉到它在破坏农村的宁静生活，并在带来诸多社会问题，故他在《墓园挽歌》（"Elegy Written in a Country Churchyard"）中表达了对乡土的爱和对农民的同情，歌颂了乡村淳朴宁静的生活，流露出了淡淡的哀愁。彭斯在《杰米不回来，和平无指望》中为农民生活的痛苦申述道："生活成重担，压得头难抬，……"[14]工业革命的条件之一是圈地运动（the enclosures），工业化对农场经济的冲击是以圈地运动的形式进行的。阎照祥在《英国史》中对圈地运动的规模有简单的叙述：

圈地运动是在政府和议会的支持下进行的，规模迅速扩大。

1700-1710 年间议会只通过 1 项圈地法案；1720-1730 年有 33 项；

1740-1749 年通过了 64 项；1750-1759 年增加到 87 项；1760-1769 年

因经济变革的刺激，猛增到 304 项；以后 10 年里又创下了 472 项的

纪录[15]。

圈地运动使农场经济的主体农民作为一个整体逐渐丧失了存在的必要。18 纪 60 至 70 年代，莱斯特郡的威格斯顿·马格纳村的小土地所有者作为一个集团实际上已消失了，成了乡村劳工、框架编织工或靠救济为生的人。18 世

13　［英国］威廉·华兹华斯著，《序曲》，丁宏为译，北京：中国对外翻译出版公司，1999，第 270 页。

14　［英国］彭斯著，《彭斯抒情诗选》，袁可嘉译，长沙：湖南文艺出版社，1996，第 23 页。

15　阎照祥著，《英国史》，北京：人民出版社，2003，第 232 页。

纪之末,"英国农民作为一个阶级已经消失了"[16]。农民原本是土地的独立劳动者,在作为一个阶级被逐渐消灭的过程中,他们在身体和精神方面受到了双重的摧残与毒害。科贝特写道:"在20个圈地法案中就有19个是损害穷人的,其中某些甚至严重伤害穷人。"[17]科贝特所言之穷人,实际上就是原本靠土地生存的农民。在圈地运动中,他们失去了传统的生活依所,变成了被抛弃的人。弗雷德里克·艾登爵士说:"那些被抛弃而自谋生路的人,有时候注定处于匮乏状态,这是自由的自然后果之一。"[18]在漫长的圈地运动中,许多农民成了靠救济过活的人,生活非常痛苦。他们愤怒地控诉道:

> 他们把男的吊起来把女的拷打
>
> 因为那些人从公地里偷走了鹅
>
> 但是他们对大罪犯却不闻不问
>
> 任凭这些人从鹅那里偷走了公地[19]

上引诗行中的"鹅"译自英语单词"Goose"。"Goose"除作"鹅"(a large waterbird with a long neck, short legs, webbed feet, and a short broad bill.)[20]讲外,还可作"傻瓜"(〈informal〉a foolish person)[21]解。此处之"鹅"具有双重含义,是双关语,第二行中的"鹅"取"鹅"之本义,指的是家禽意义上的鹅;第四行中的"鹅"取引申义,指的是因圈地而失去土地的农民,"从鹅那里偷走了公地",即从农民手中夺走了土地,据以为一己之私产。偷了别人鹅的人受到了吊打,而夺走别人土地的人却反而无事。英国的法律是为富人而制定的,富人的财产神圣不可侵犯,穷人的性命却不值钱。阎照祥《英国史》:

> 死刑用得越来越滥,到了惨无人道的荒诞不经的地步。1689年
> 可判死刑的"罪名"已有40种,1800年增加到160多种。一个7岁

---

16 Lai Anfang, *An Introduction to Britain and America*, Zhengzhpu: He'nan People's Press,1991, p.124.

17 〔英国〕阿萨·勃里格斯著,《英国社会史》,陈叔平、刘城、刘幼勤、周俊文译,北京:中国人民大学出版社,1991,第212页。

18 〔英国〕阿萨·勃里格斯著,《英国社会史》,陈叔平、刘城、刘幼勤、周俊文译,北京:中国人民大学出版社,1991,第212页。

19 〔英国〕阿萨·勃里格斯著,《英国社会史》,陈叔平、刘城、刘幼勤、周俊文译,北京:中国人民大学出版社,1991,第212页。

20 *The New Oxford Dictionary of English*, edited by Judy Pearsall, Oxford: Oxford University Press, 1998, p.791.

21 *The New Oxford Dictionary of English*, edited by Judy Pearsall, Oxford: Oxford University Press, 1998, p.791.

的女孩，因饥饿难忍，偷了一块面包，竟被活活绞死。一个饱受欺凌的佣工，放火烧了东家的草垛，也被送上了绞架[22]。

华兹华斯《坚毅与自立》（"Resolution and Independence"，1802 年 5 月 3 日-7 月 4 日）：

> 这老头便像这般；偌大年纪，
> 　　没死，也不像活着，也不曾睡去；
> 走过了人生的长途，佝偻的背脊
> 　　向前低俯，头和脚几乎相遇；
> 　　看起来，多年以前，这一副身躯
> 便为苦难所磨损，疾病所摧伤，
> 力不胜任的重负，压垮了他的脊梁。
>
> 他用一根削过的灰白色木棍
> 　　支撑着上肢、躯干、苍白的瘦脸；
> 我步子轻轻的，渐渐向他走近，
> 　　这老头，依然站在水池旁边，
> 　　一动也不动，就像是浓云一片：
> 这浓云，听不见周遭呼啸的狂风；
> 它要是移动，便是整片整团地移动。
>
> 他终于动了；只见他摇摇晃晃，
> 　　把木棍探入池水，搅动一阵，
> 又仔细察看那一汪浑浊的泥汤，
> 　　凝神注目，就像在捧读书本；
> 　　这时，我便以过路客人的身份
> 走到他身边，跟他打招呼，说道：
> "从早晨光景看来，今天天气准好。"
>
> 老人客客气气地给我回话，
> 　　他说话声调舒缓，礼数周详；
> 我继续跟他攀谈，又这样问他：
> 　　"你在这地方，干的是什么行当？

---

22 阎照祥著，《英国史》，北京：人民出版社，2003，第 234 页。

　　　　对于你，这地方未免过于荒凉。"
　　他听了，那一双仍然有神的眸子里
　　微光一闪，稍稍流露出几分惊异。

　　他虚弱的胸腔吐出虚弱的声调，
　　　　却井然有序，词语一个跟一个；
　　从容的谈吐几乎有几分崇高，
　　　　妥贴的措词像经过一番斟酌，
　　　　不同凡俗，是堂堂正正的申说；
　　像庄重的教士按照苏格兰礼仪，
　　恰如其分地称道凡人，赞美上帝。

　　他说，只因他又老又穷，所以
　　　　才来到水乡，以捕捉蚂蟥为业；
　　这可是艰险而又累人的活计！
　　　　说不尽千辛万苦，长年累月，
　　　　走遍一口口池塘，一片片荒野；
　　住处么，靠上帝恩典，找到或碰上；
　　就这样，老实本分，他挣得一份报偿[23]。

　　华兹华斯《最后一头羊》（"The Last of the Flock", 1798）中的大汉控诉
说：

　　　　靠那头会生养的母羊，
　　　　我的羊群越来越兴旺；后
　　　　来，我足足有了五十头，
　　　　那么棒的一群，世上少有！
　　　　它们在匡托克山上吃草，
　　　　　　羊群兴旺，我家也热闹；
　　　　可是到今天，我那一大群
　　　　　　只剩下这一头羊羔；
　　　　我们完蛋啦，成了穷鬼，

23　［英国］华兹华斯著，《华兹华斯诗歌精选》，杨德豫译，太原：北岳文艺出版社，
　　2000，第 111-113 页。

倒不如全家死光了干脆[24]！

在华兹华斯的《迈克尔》（"Michael"，1738 年 5 月）一诗中，男孩卢克（Luke）曾经是他父亲的安慰和希望，在乡村过着体面而宁静的生活。后来，他在大都市的诱惑下而来到城市寻求幸福快乐的生活。结果他抛弃了传统的伦理和道德，他触犯法律而远走他乡，他寻求到的不是开心与快乐，而是堕落与毁灭。在卢克走向堕落与毁灭之后，迈克尔过只好过着孤苦零丁、凄凄惨惨的晚年生活：

> 在羊栏的旁边，有时候看见他
>
> 孤独地坐着，他那忠诚的狗，
>
> 那时已老，躺在他的脚旁。
>
> 七年时间，断断续续，
>
> 他都在修缮羊栏。
>
> 生命到尽头，工作未干完[25]。

同农村居民一样，城市居民的遭遇也非常痛苦。约翰逊《伦敦》：

> 贫穷，只有它受到严峻的法律追缉，
>
> 贫穷，只有它招来文人墨客的笑骂。
>
> 小心慎为的商贩从梦中回到衣衫褴褛的现实，
>
> 发现他辛勤的经营只是一个人生的玩笑[26]。

该诗发表于 1738 年 5 月，它描写的是 18 世纪上半叶伦敦生活的侧面，暴露了下层人民贫穷、痛苦的生活。

英国工业革命使英国社会各阶级发生剧烈的两极分化，一方面，少数资产者凭借自己手中的资本迅速、轻易地致富。另一方面，广大无产者是社会财富的直接创造者，但他们得到的回报却是机器的附庸、雇主的剥削、失业的压抑、饥饿的煎熬、贫困的折磨和疾病的痛苦。纺织工的悲惨遭遇就是所有无产者生活的真实写照：

> 在 1820 年，他们有 4 万人，其中将近半数在兰开夏；到 1840

24　[英国]华兹华斯著，《华兹华斯诗歌精选》，杨德豫译，太原：北岳文艺出版社，2000，第 32 页。

25　*William Wordsworth: Selected Poetry and Prose*, edited by Philip Hobsbaum, London and New York: Routledge, 1989, p.44.

26　吴景荣、刘意青主编，《英国十八世纪文学史》，北京：外语教学与研究出版社，200 版，第 172 页。

年前后，只有 12·3 万人；到 1856 年，只剩下 2·3 万人。早在 1818 年，兰开夏伯里的一个织工就这样写道："我们被社会其余的人摈诸门外，被当作无赖汉看待，这只不过是因为我们入不敷出。"十年以后，在同一个郡的科恩这个地方，三分之一的居民的每日生活费只有两便士，而且主要是花在伙食上，他们只有在星期六晚上才能享受到奶酪、马铃薯和少量的啤酒。不过，手织机织工的状况是一种例外的情况[27]。

在 18 世纪 60 年代至 19 世纪 30 年代这段时期，英国产生了大量贫困的人口，上引文献就是一个有力的说明。

1825 年，英国出现第一次经济危机，以后大约十年一次，穿插着经济萧条。危机期间，商品过剩，生产萎缩，生产缩减，企业倒闭，大批工人离开工厂，女工和童工的大量使用致使越来越多的男工失业。机器的运用使众多手工业者破产，难以维生。许多工厂肆意延长工时，有的工厂将一天的工时延长到了 16-18 小时。罚款、克扣工资和变相欺诈司空见惯。工人的劳动条件恶劣。工人的居住环境糟糕，住宅区缺少供水排污系统，曼彻斯特、伯明翰等市的工人多半住在阴暗、潮湿、狭隘的房舍、地下室。贫民窟肮脏污秽，疾病流行。利物浦工人平均寿命只有 15 岁，曼彻斯特工人 5 岁以下的幼儿夭折率达 7 成。爱尔兰工人的处境最为悲惨，他们在遭受英国殖民者的劫掠后流落到英格兰工业区，大多从事危险、繁重的工种，工资待遇和生活条件最差。

不仅农民、工人生活十分痛苦，服役士兵的遭遇也非常悲惨。华兹华斯在《序曲》（The Prelude）第一卷《引言——幼年与学童时代》第 517-519 行中揭露说，"人间的 / 士兵，服役多年，却遭冷遇， / 或被忘恩负义地一脚踢开"[28]。

（三）环境受到破坏

英国资本主义的发展严重破坏了人赖以生存的自然环境，极大冲击了人与自然之间的和谐关系，根本改变了长久以来习以为常的平静朴素的生活方式。托克维尔对此作了一定的描绘："从这条污浊的排水管中，排出人类工业的最大一股潮流去滋润全世界；从这条肮脏的下水道中，排出纯金的潮

27　［英国］阿萨·勃里格斯著，《英国社会史》，陈叔平、刘城、刘幼勤、周俊文译，北京：中国人民大学出版社，1991，第 232 页。

28　［英国］威廉·华兹华斯著，《序曲》，丁宏为译，北京：中国对外翻译出版公司，1999，第 20 页。

流。"[29]在华兹华斯的家门口正对着的里达·米尔海岸的山坡上，一家采石场挖出了一个大口子，这颇具象征意义。华兹华斯在《粪土王侯》中对环境破坏的描述亦很详细：

> 堕落的道格拉斯！啊，粪土王侯！
> 他的心最乐于把仇薪恨火点燃，
> 狼藉声名是因全力破坏和捣乱；
> 令人发指的砍伐令出自他的口，
> 诛灭这一带森林九族一个不留，
> 亘古绵延的参天巨树棵棵委地，
> 掩映园庐高塔的绿荫荡然无遗。
> 多少心灵为古木的命运而悲愁，
> 就是到了今天，经常还会有游人
> 怀着哀痛的心情，停下步来凝望
> 暴行遗证；大自然倒像不大动情，
> 小湾憩所，幽幽角落，滟滟池塘，
> 柔和的特威德河，以及青山翠岭、
> 碧绿的幽静牧场，依然光影常新[30]。

　　要考察华兹华斯的社会观，就必然要考察法国资产阶级革命和英国的工业文明。方汉文在《比文学史论与新辨证观念》一文中写道："就英法浪漫派而言，不但不可能离开法国大革命的历史，而且没有英国'圈地运动'之后的工业文明造成的社会矛盾尖锐化，城乡之间的对立，也就不会有'湖畔派诗人'的哀思。"[31]

（四）人际关系冷漠

　　在农牧业文明中，在人的身上还找得到淳朴、厚道、热情、善良等优良品质，他们共同生活，和平共处，人际关系是和谐的。在工业文明中，人的传统美德逐渐受到物质第一、金钱至上价值观的冲击，人不断受到异化，人际关系变得冷漠起来。伦敦是英国的首都，它是英国工业文明的象征，但生活在这里

29　［英国］阿萨·勃里格斯著，《英国社会史》，陈叔平、刘城、刘幼勤、周俊文译，
　　北京：中国人民大学出版社，1991，第 234 页。
30　［英国］华兹华斯著，《华兹华斯抒情诗选》，谢耀文译，南京：译林出版社，1991，
　　第 177 页。
31　方汉文，《比文学史论与新辨证观念》，《长江学术》2002 年第 1 期，第 152 页。

的人却各干各的，互不往来，没有信息沟通，缺少人间温情。《序曲》第第七卷《寄居伦敦》第 115-118 行：

> ……尤其令我
> 迷惑不解的是，那里的人们
> 怎么可能互为邻居，却不相
> 往来，竟然不知各自的名姓[32]。

在伦敦城里，即使邻居之间也没有交往，甚至连对方的姓名也不知道，这种人际关系是冰冷无情的，难怪华兹华斯感到大惑不解。

（五）道德日益沦丧

正如华兹华斯《毁坏的房屋》（"The Ruined Cottage"）中的房屋的倒塌一样，在资产阶级革命的打击之下，英国旧的体制轰然倒下，同宗法封建社会相适应的伦理道德体系也随之崩溃。自十六世纪以来，英国风行重商主义，到十八世纪，重商主义达到了顶点。重商主义理论源于西班牙的重金主义政策，它并不是最先由英国人提出的，但英国经济学家托马斯·曼（Thomas Man, 1571-1641）却在《论英国在印度的贸易》（1621 发表）和《英国得自对外贸易的财富》（1644 出版）中对它作出了最权威的阐释。1776 年苏格兰经济学家亚当·斯密（Adam Smith, 1723-1790）在《国民财富的性质和原因》（*Inquiry into the Nature and Causes of the Wealth of Nations*）[33]中首次使用"重商主义"（mercantilism）一词，这时，"重商主义已流行不列颠了"[34]。在重商主义和工业革命的催化之下，传统观念和精神价值不再受重视，追求财富、权力和享乐逐渐成为时髦的社会思潮和价值取向。拜金之风渐浓，卖淫之风日盛，个人物欲横流，社会道德沦丧。约翰逊《伦敦》（1738 年 5 月）：

> 真正有价值的人因贫困而难以发展，
> 在这拜金至上的地方，世事甚为艰难，
> 这里容颜成为商品，微笑上市出售，
> 通过金钱贿赂，加之阿谀恳求，

32　［英国］威廉·华兹华斯著，《序曲》，丁宏为译，北京：中国对外翻译出版公司，1999，第 171 页。

33　*Inquiry into the Nature and Causes of the Wealth of Nations*：亚当·斯密著作，译作《国民财富的性质和原因》，常常简称为 *Wealth of Nations*，译作《国富论》。

34　阎照祥著，《英国史》，北京：人民出版社，2003，第 235 页。

仆人们零售着从主子那里得到的恩泽[35]。

德国学者马克斯·韦伯（Marx Webe, 1864-1920）说：

> 贪婪、赚钱、谋利的冲动，无论过去还是现在，都见之于侍者、医生、车夫、艺术家、娼妓、不正派的官僚、士兵、贵族、十字军骑士、赌徒和乞丐之中。事实上，就利益欲、金钱欲、包括权势欲而言，它的历史同人类的历史，几乎一样古老。而且这种种欲望的冲动存在于一切时代、一切国家之中。唯一具有原则不同的是，人们据以实现这种冲动的方式和手段有很大的不同。关键在于社会能否把这种冲动，引向一个符合社会历史发展的方向，以推动人类社会的进步[36]。

1571 年，沙皇伊凡雷帝在致英国女王伊丽莎白的一封信中写道："人们正在发财，而不为陛下所知……商人无视其君主的利益，所关心的仅仅是自己的商业利润。"[37]1765 年，索姆·詹宁斯概括道：

> 快乐是现存的唯一具有真正价值的事情：富有、权力、智慧、学问、力量、美丽、美德、宗教甚至生活本身都不具有任何重要性，除非它们有助于快乐的产生[38]。

追求财富、权力和享乐的社会思潮和价值取向就像瘟疫一样迅速蔓延，最终形成了一种普遍的拜金主义思想。在拜金主义思想的影响之下，人的灵魂开始腐化，道德开始堕落。无论男女还是老幼，所有的人都成了发财的牺牲品，棺材老板希望多死人[39]，玻璃老板希望下冰雹把所有的窗户打烂，妇女眈于卖淫，男人乐于嫖娼，凡此种种，资本主义社会的固然弊端已开始不断地显现[40]。

---

35 吴景荣、刘意青主编，《英国十八世纪文学史》，北京：外语教学与研究出版社，2000，第 172 页。

36 转引自：顾蓉，《宦官首领的压抑型人格及其行为特征》，《湖北大学学报》（哲学社会科学版）1993 年第 3 期，第 75 页。

37 ［英国］阿萨·勃里格斯著，《英国社会史》，陈叔平、刘城、刘幼勤、周俊文译，北京：中国人民大学出版社，1991，第 191 页。

38 ［英国］阿萨·勃里格斯著，《英国社会史》，陈叔平、刘城、刘幼勤、周俊文译，北京：中国人民大学出版社，1991，第 191 页。

39 棺材老板希望多死人这类社会丑恶现象，不特为近现代英国社会所有。只要阶级还存在，社会便无法根除这类弊病，古今中外，莫不如此。这可从《汉书·刑罚志》引谚论古代中国社会中得到佐证："鬻棺者欲岁之疫。"详见：杜文澜辑、周绍良校点，《古谣谚》，北京：中华书局，1958，第 55 页。

40 关于资本主义社会的诸多丑恶现象，英国的罗伯特·欧文（Robert Owen, 1771-1858）、法国的弗朗索瓦·玛丽·夏尔·傅立叶（François Marie Charles Fourier,

关于英国社会道德日益沦丧的事实,华兹华斯有清醒的认识,并在其作品中予以描绘。如,他在《一想到伟大民族已被什么控驭》中说,人们"将宝剑变换成帐簿"[41],学生"走出书房去追求财富"[42],高尚情操"日渐衰微"[43]。他在《一根在风中颤抖的芦苇》中说,"目下真理、良知和自由已经沦丧"[44]。他在《朋友,我们有崇高使命——致 B. R.海顿》("To B. R. Haydon")中说,"目下世界似乎败坏道德风范,/ 在惨淡忧郁的持久压力之下,/ 人的天性沉沦已是司空见惯"[45]。他在《朋友,一想到》揭露道:

> 体现纯真教义的家规美俗,
>
> 淳风、友善、无邪、俭朴,
>
> 以及高洁的志趣品行,
>
> 已被抛弃得一干二净[46]。

他在《作于伦敦:1802 年 9 月》中痛心地写道:

> 最大的财主便是最大的圣贤;
>
> 自由之美和典籍已无人赞赏。
>
> 侵吞掠夺,贪婪,挥霍无度——
>
> 这些,便是我们崇拜的偶像;
>
> 再没有淡泊的生涯,高洁的思想;
>
> 古老的纯风尽废,美德沦亡;
>
> 失去谨慎端方,安宁和睦,
>
> 断送伦常准则,纯真信仰[47]。

1768-1837)等空想社会主义者作过深刻的揭露和批判。

41 〔英国〕华兹华斯著,《华兹华斯抒情诗选》,谢耀文译,南京:译林出版社,1991,第 203 页。

42 〔英国〕华兹华斯著,《华兹华斯抒情诗选》,谢耀文译,南京:译林出版社,1991,第 203 页。

43 〔英国〕华兹华斯著,《华兹华斯抒情诗选》,谢耀文译,南京:译林出版社,1991,第 203 页。

44 〔英国〕华兹华斯著,《华兹华斯抒情诗选》,谢耀文译,南京:译林出版社,1991,第 188 页。

45 〔英国〕华兹华斯著,《华兹华斯抒情诗选》,谢耀文译,南京:译林出版社,1991,第 160 页。

46 〔英国〕华兹华斯著,《华兹华斯抒情诗选》,谢耀文译,南京:译林出版社,1991,第 199 页。

47 〔英国〕华兹华斯著,《华兹华斯诗歌精选》,杨德豫译,太原:北岳文艺出版社,2000,第 189 页。

他在《序曲》第八卷第《回溯：对大自然的爱引致对人的爱》第590-596行中谈到伦敦时写道：

> 当我探访这庞大的都市——国家
> 与世界命运之泉的本源，一开始，
> 即是这样被触动，过后的感觉
> 也依然如此。瞧这巨型的市场，
> 一本欲望的记录，同时也是
> 它们的坟场，是其登极的宫殿，
> 也是它们久居常留的住所[48]。

《序曲》第七卷《寄居伦敦》第385-399行：

> 女人眈于公开的耻辱及社会
> 邪恶的骄横恣肆，我当时感到
> 毛骨悚然，似乎一道隔板
> 突然竖起，将人类一分两半，
> 形成两种类型，但表面上又维持
> 原有的完整。那景象使我悲哀，
> 也引起剧烈的思索。后来的岁月中，
> 又见过此类情景，但哀伤之情
> 有所缓和，更多的其实是怜悯，
> 是对单独的个人、对她那美好的
> 灵魂被损坏感到痛心，除此之外，
> 我并无太多别样的感受，而且
> 也不想再前行一步；实际上这悲哀的
> 起因决定了我不会有太复杂的念头[49]。

在上引诗行中，华兹华斯描绘了一幅伦敦淫逸图。他似乎在情感上无法接受妇女公开卖淫的事实而不愿直接使用"妓女"之类的词汇，故而以"女人"代之。他对妇女的沉沦感到惋惜和怜悯，对社会的堕落感到痛心和悲凉。

48　［英国］威廉·华兹华斯著，《序曲》，丁宏为译，北京：中国对外翻译出版公司，1999，第224页。

49　［英国］威廉·华兹华斯著，《序曲》，丁宏为译，北京：中国对外翻译出版公司，1999，第181-182页。

同时，日益发展的科学主义对英国人民的心灵价值造成了漠视。欧洲文化中科学主义的传统源远流长，自近代以来，英国的实证哲学和科学发展彼此推波助澜，引起社会对文学作用的漠视。华兹华斯认为，只有科学的社会是人性的沙漠，只有科学的社会最终使人蜕变为机器。英国空想社会主义者格拉德·温斯坦莱（Gerrard Winstanley, 1609-1652）认为："人类开始买卖之后，就失去了自己的天真和纯洁，因为这时人们开始用自己的仿佛是天赋的权利互相压迫和愚弄。"[50]英国空想社会主义者罗伯特·欧文（Robert Owen, 1771-1858）认为，私有制使少数人滥用社会财富，使人们拜倒在金钱之下，"使人变成魔鬼，使全世界变成地狱"[51]。美国现代诗人加利·史奈德（Gary Snyder）针对西方文化太重视物质生活的事实说："可能是整个西方文化都已误入歧途，而不只是资本主义误入歧途——在我们的文化传统中有种种自我毁灭的倾向。"[52]十八世纪末十九世纪初，拜金主义和心灵漠视在英国社会已形成为两种强大的社会习俗。

二、现实社会的批判

根据文学社会学，从文学创造——艺术价值——文学消费的过程是一个组织起来的社会文化过程，这一过程受一定的社会关系的制约而浸润着社会思潮，反映着社会风貌，直接或间接地回答社会问题，即使文学创造和消费的是一些空灵的、超脱的、虚玄的、恬淡的产品，要达到完全的所谓纯净而不带社会性也是不可能的[53]。博纳尔《法兰西水星》（*Mercure de France*, 1802）："文学是社会的表现。"[54]让·马克·莫哈（Jean-Marc Moura）《试论文学形象学的研究史及方法论》："不管怎样说，文学与社会大背景总是保持着某种关系的。"[55]华兹华斯所处的现实社会也会给他的社会观带来影响。华兹华斯的文学作品

---

50 ［英国］温斯坦莱著，《温斯坦莱文选》，任国栋译，北京：商务印书馆，1965，第100-102页。

51 阎照祥著，《英国史》，北京：人民出版社，2003，第277页。

52 钟玲著，《美国诗与中国梦》，桂林：广西师范大学出版社，2003，第16页。

53 童庆炳主编，《文学理论教程》（修订本），北京：高等教育出版社，1998版，第10页。

54 转引自：［法国］让·马克·莫哈，《试论文学形象学的研究史及方法论》，孟华译，孟华主编，《比较文学形象学》，北京：北京大学出版社，2001，第18页。

55 ［法国］让·马克·莫哈，《试论文学形象学的研究史及方法论》，孟华译，孟华主编，《比较文学形象学》，北京：北京大学出版社，2001，第26页。

也是社会的产物，它们不是仅供后人欣赏的单纯的抒情或叙事性文本，而是直接或间接地反映了他们对社会的种种思考和看法，故应将它们置放在社会文化的语境下加以研究。从他的某些文学作品来看，他对于所处的现实社会是深感失望的，并带着凝重的历史责任感对现实社会进行了理性的批判。

对于英国的社会弊端，文人学士纷纷以笔为武器加以揭露与批判。如，罗伯特·彭斯（Robert Burns, 1759-1796）在其《两只狗》（"The Two Dogs"）和《威利长老的祈祷》（"Holy Willie's Prayer"）中，对地主阶级的荒淫无耻、教会的虚伪贪婪作了尖刻的讽刺。华兹华斯在《漫游》（The Excursion）中，首先描写了英国的工业成就和社会繁荣，然后更加详细地描绘了社会的种种阴暗面，最后酸楚地引用马库斯·朱尼斯·布鲁图（Marcus Junius Brutus，前85-前42）的话道："'自由，我曾对你敬若神明，但是你原来是一个影子。'"[56]华兹华斯曾对英国社会抱有很大的希望，但"结果，除了绝望，他什么也没有挑到"[57]，故而仰天长叹，"我生不逢时，不得其所"[58]。他在《序曲》第八卷《回溯：对大自然的爱引致对人的爱》第513-517行中写道：

> 我曾战抖——有时想到人世间，
>
> 感到无限的忧闷与恐惧，如那种
>
> 在疾风暴雨中产生的情绪，但比这
>
> 更令人沮丧：似隐隐预感到嚣噪、
>
> 无序、烦乱、危险、或被埋没[59]。

在感到绝望和叹息之余，他转而长期对现实社会直接进行无情的揭露和尖锐的批评。针对物欲横流的现实，他以讥讽的口吻写道："我不像城里人在渴求中憔悴，譬如 / 你这般忧郁的人们，亲爱的朋友！"[60]针对伦敦的冷酷无

---

56 ［苏联］Н·Я季亚科诺娃著，《英国浪漫主义文学》，聂锦坡、海龙河译，沈阳：辽宁大学出版社，1990，第44页。

57 ［苏联］Н·Я季亚科诺娃著，《英国浪漫主义文学》，聂锦坡、海龙河译，沈阳：辽宁大学出版社，1990，第44页。

58 ［英国］华兹华斯《序曲》，吴富恒主编，《外国著名文学家评传·华兹华斯》第二卷，山东教育出版社1990年版，第58页。

59 ［英国］威廉·华兹华斯著，《序曲》，丁宏为译，北京：中国对外翻译出版公司，1999，第221页。

60 华兹华斯，《序曲》第八卷《回溯：对大自然的爱引致对人的爱》第434-435行，［英国］威廉·华兹华斯著《序曲》，丁宏为译，北京：中国对外翻译出版公司，1999，第218页。

情，他以戏谑的口吻写道：

　　　　板起面孔的教师，严厉的女校长！

　　——因有时你确能做出最冷峻的表情：

　　　　伦敦，我现在自愿重返你的

　　怀抱中[61]。

　　伦敦是繁华的、他向往的，但当他来到这里"目睹真实的景象"[62]之后却发现，希望是美好的，现实是残酷的，于是，内心"尝到最深的失望"[63]。《序曲》第七卷《寄居伦敦》第 149-152 行：

　　　　请你再现，世间忙碌的原野上

　　一个巨大的蚁丘！在我眼前，

　　再次漾动起你那不息的车水

　　　　与人流[64]！

　　在他看来，伦敦城人口众多，车水马龙，犹如原野之上的巨大蚁丘，这种描写是有否定和批判色彩的。《序曲》第七卷《寄居伦敦》第 168-171 行：

　　　　当我们奋力抽身，像摆脱敌人的

　　追捕，躲入一个僻静的角落——

　　僻静如不闻疾风呼啸的场所，

　　才避开这无休无止的喧嚣[65]！

　　在他看来，伦敦的喧哗和躁动仿佛穷追不舍的敌人让他难于脱身，这给他造成了极大的身体和心理负担。在这里的描写之中，对现实社会的否定与批判之意味更为浓烈。《无题：这尘世拖累我们可真够厉害》（"Untitled: The World is Too Much With Us; Late and Soon"）：

61　华兹华斯，《序曲》第八卷《回溯：对大自然的爱引致对人的爱》第 530-533 行，〔英国〕威廉·华兹华斯著《序曲》，丁宏为译，北京：中国对外翻译出版公司，1999，第 221 页。

62　华兹华斯，《序曲》第七卷《寄居伦敦》第 144 行，〔英国〕威廉·华兹华斯著，《序曲》，丁宏为译，北京：中国对外翻译出版公司，1999，第 172 页。

63　华兹华斯，《序曲》第七卷《寄居伦敦》第 145 行，〔英国〕威廉·华兹华斯著《序曲》，丁宏为译，北京：中国对外翻译出版公司，1999，第 172 页。

64　〔英国〕威廉·华兹华斯著，《序曲》，丁宏为译，北京：中国对外翻译出版公司，1999，第 172 页。

65　〔英国〕威廉·华兹华斯著，《序曲》，丁宏为译，北京：中国对外翻译出版公司，1999，第 173 页。

> 这尘世拖累我们可真够厉害；
>
> 得失盈亏，耗尽了毕生精力；
>
> 对我们享有的自然界所知无几；
>
> 为了卑污的利禄，把心灵出卖[66]！

在这四个诗行中，诗人无情控诉了为了世俗的利禄而出卖灵魂的丑恶世风。在致福克斯的信中，他忧郁地列举了工业化下英国的令人讨厌的特点，认为精神财富更为重要。在《献给自由的十四行诗》（"Sonnets Dedicated to Liberty", 1802-1807）中，他把英国的社会比作一潭死水，并向当时的政治家提起了伟大的诗人弥尔顿。在《伦敦，1802》（"London, 1802"）中，他把拯救英国的希望全部寄托到了弥尔顿身上：

> 弥尔顿！今天，你应该活在世上：
>
> 英国需要你！她成了死水污池：
>
> 教会，弄笔的文人，仗剑的武士，
>
> 千家万户，豪门的绣阁华堂，
>
> 断送了内心的安恬——古老的风尚；
>
> 世风日下，我们都汲汲营私；
>
> 哦！回来吧，快来把我们扶持，
>
> 给我们良风，美德，自由，力量[67]！

针对环境破坏，有亦进行了批评。在修建温德摩尔铁路时，他就写诗作了批评和抗议。《序曲》第十二卷《想象力与审美力，如何被削弱又复元》第10-14行：

> ……你们，柔和的轻风，与芬芳的
>
> 百花默契地交流，若观者有情，
>
> 你们能教导傲慢的人类如何
>
> 给予而不冒犯，索取而
>
> 伤害；……[68]

66　［英国］华兹华斯著，《华兹华斯诗歌精选》，杨德豫译，太原：北岳文艺出版社，2000，第139页。

67　［英国］华兹华斯著，《华兹华斯诗歌精选》，杨德豫译，太原：北岳文艺出版社，2000，第190页。

68　［英国］威廉·华兹华斯著，《序曲》，丁宏为译，北京：中国对外翻译出版公司，1999，第311页。

在上引诗行中，华兹华斯由轻风同百花间和谐的关系联想到了人类同自然间不和谐的关系，这是对人类对自然进行肆意掠夺而造成环境破坏的隐晦的批评。

三、理想社会的展望

华兹华斯除了对现实社会进行揭露与批判之外，还对理想社会作了间接的展望，主要散见于《露西组诗》（"Lucy" poems）、《孤独的割麦女》（"the Solitary Reaper"）、《廷腾寺》（"Tintern Abbey"）、《威斯敏斯特桥上》（"Composed upon Westminster Bridge"）、《阳春 3 月作》（"Written in March"）、《早春命笔》（"Lines Written in Early Spring"）、《苏珊的梦幻》（"The Reverie of Poor Susan"）、《致山地少女》（"To a Highland Girl"）、《纺车谣》（"Song for the Spinning-Wheel"）、《悔》等作品之中。华兹华斯的理想社会环境幽雅美丽，人与自然和谐一体，没有剥削压迫，经济自给自足，民风朴素真淳，人际关系和谐，人民安居乐业，复古主义倾向明显，乌托邦色彩浓郁。

（一）环境幽雅美丽

在华兹华斯的理想社会中，自然环境没有受到人为的破坏和污染，人民生活在幽雅美丽的环境之中。华兹华斯创作了许多咏叹大自然美好景色的诗篇，从某种角度看，这些诗作并非仅仅只是单纯意义上的自然诗，实际上，在这些诗歌中巧妙地寄托了他对社会环境的理想。

华兹华斯在《苏珊的梦幻》（1797 年）中描绘的环境是幽静美丽的，"画眉高叫着，它叫了三年"，"她常常路过，／静静晨光里听画眉唱歌"，"团团的白雾飘过洛伯里／河水奔流在奇普赛谷底"[69]。他在《致山地少女》（1803 年）中所描绘的山地少女的生活环境集山川、灵秀、钟萃于一体，环境之美尤为典型：

> 苍苍的山石；青青的草茵；
> 雾帷半揭的漠漠丛林；
> 肃静无哗的湖水近旁，
> 有一道瀑布淙淙作响；
> 这边是小小一片湖湾；

69　［英国］华兹华斯著，《华兹华斯诗歌精选》，杨德豫译，太原：北岳文艺出版社，2000，第 96 页。

幽径遮掩着你的家园；——[70]

《11月1日》中的自然环境是未受污染的，它同人类社会受破坏的环境形成了对比：

> 远山峰顶的银辉，那样皎洁，
>
> 　那样明锐，那样亮得出奇！
>
> 　峰顶铺满了雪絮，柔润无比，
>
> 竟似另一个太阳照临世界，
>
> 　光焰煌煌，要斥退临近的黑暗
>
> 　和闪闪繁星。此际，可有人乐于
>
> 　踏上那琼峰玉顶——要是他能去？
>
> 那儿呵，虽也属尘世，却未遭尘劫：
>
> 　营营扰扰的众生，败坏了人寰，
>
> 　却无力飞上雪峰，把那儿污染；
>
> 天神也不会侵损那一片美景——
>
> 　皓白，璀璨，无暇，纯然明净；
>
> 　坚贞耐久，阅尽了兴废变迁，
>
> 　只待春回，看幽谷繁花开遍[71]。

华兹华斯的上述描写有意识或潜意识地反映了他对人的生活环境的理想。从中可以看出，他的理想社会具有"景色优美，空气清新"，"一切都美丽、明朗、安然、闲逸、宁静"[72]的香格里拉（Shangri-La）式的生活环境，具有中国古代哲学所强调的虚静、空灵之美。

（二）人与自然和谐一体

在华兹华斯的理想社会中，人同自然水乳交融、和谐一体，即歌德所谓"人和大自然是生活在一起的"[73]，体现出了一种全新的关系。华兹华斯认为，从根本上看，人与自然是互相适应的。在他的《序曲》、《无题：好比苍龙的巨眼，

70　［英国］华兹华斯著，《华兹华斯诗歌精选》，杨德豫译，太原：北岳文艺出版社，
　　2000，第158页。

71　［英国］华兹华斯著，《华兹华斯诗歌精选》，杨德豫译，太原：北岳文艺出版社，
　　2000，第145页。

72　韩联宪，《走进香格里拉》，《大自然探索》2003年第4期，第12页。

73　［德国］爱克曼辑录，《歌德谈话录》，朱光潜译，北京：人民文学出版社，1978，
　　第112页。

因睡意沉沉》("Untitled: Even as a dragon's eye that feels the stress")、《孤独的割麦女》、《致山地少女》、《纺车谣》、《阳春 3 月作》等作品中，人赖以生存的自然没有受到人为的破坏，生活方式是传统农业式的，人同自然环境之间的关系非常和谐。在《序曲》第八卷中，他一开始便花了很大笔墨描写了英国湖区山野海尔芙琳（Helvellyn）人民的生活情况，这里的人民完全生活在未经破坏的自然环境之中，人和自然融合成了一个和谐的整体。《阳春 3 月作》：

> 雄鸡啼叫，
>
> 溪水滔滔，
>
> 鸟雀声喧，
>
> 湖波闪闪。
>
> 绿野上一片阳光；
>
> 青壮老弱，
>
> 都忙农活；
>
> 吃草的群牛
>
> 总不抬头，
>
> 四十头姿势一样！
>
> 残雪像军队，
>
> 节节败退，
>
> 退到山顶，
>
> 面临绝境；
>
> 耕田郎阵阵吆喝；
>
> 山中有欢愉，
>
> 泉中有生趣；
>
> 云朵轻飏，
>
> 碧空清朗，
>
> 这一场春雨已过[74]！

上诗运用到了"雄鸡"（Cock）、"溪水"（stream）、"鸟雀"（small birds）、"湖波"（lake）、"绿野"（green field）、"阳光"（the sun）、"青壮"（the youngest, the strongest）、"老弱"（the oldest）、"群牛"（cattle）、"残雪"（snow）、"军队"

---

74 ［英国］华兹华斯著，《华兹华斯诗歌精选》，杨德豫译，太原：北岳文艺出版社，2000，第 97 页。

（army）、"山顶"（the top of the hill）、"耕田郎"（Ploughboy）、"山泉"（fountain）、"云朵"（small clouds）、"碧空"（blue sky）、"春雨"（rain）等视觉意象，运用到了"啼叫"（is crowing）、"滔滔"（is flowing）、"声喧"（twitter）、"闪闪"（glitter）、"忙农活"（are at work）、"吃草"（are grazing）、"败退"（hath retreated）、"吆喝"（is whooping）等动觉意象，这些意象共同构成了一幅绝好的农耕图。这是一幅充满生机、欢快、闲适、自得气氛的农耕图，人和自然完全融为了一个整体。

（三）没有剥削压迫

剥削压迫是阶级社会的必然产物，人民对之历来深恶痛绝并强烈反对，这在诗歌中可见一斑。

对于华兹华斯来说，在法国大革命中积极投身革命运动的骑兵军官博皮伊（Beaupuy）对他产生了很大影响的影响，使他由最初的热爱大自然转而更加热爱人类，在政治上笃信平均主义的社会理想，这在《序曲》中有详尽的描述。在《我的一位来自加莱的旅伴》中，他对下令驱逐黑人的政府进行了谴责，对受到驱逐的黑人妇女表示了同情，最后大声疾呼："苍天，你应该仁爱无垠；/地母，请庇荫这受苦的种族。"[75]他所赞美的生活，是"一幅永恒的、悠然自得的图画，／没有劳苦，没有斗争，如伊利斯安的恬静"[76]。《序曲》第六卷《剑桥与阿尔卑斯山脉》第 500-523 行：

> 我们也曾穿过隐藏着田园
> 生活的密林——诱人的山谷，相遇
> 片刻就要离别，似乎那致意的
> 瞬间还来不及完成。这里住着
> 平和的人们，（虽然生长在
> 艰苦的环境，四周的险情随季节
> 而变化）都喜欢自己的日常劳作，
> 至少，当山岩上闪耀的晨曦召唤
> 他们上工时（啊！当然也同时

75　［英国］华兹华斯著，《华兹华斯抒情诗选》，谢耀文译，南京：译林出版社，1991，第 195 页。

76　［英国］华兹华斯，《大自然与诗人》（1807），朱通伯译，弗·特·帕尔格雷夫原编，罗义蕴、曹明伦、陈朴编注，《英诗金库》，成都：四川人民出版社，1989，第725 页。

射来那照亮灵魂的辉光），他们

感到满足；至少，当暮色中的山影

引导他们回家时，他们能安恬地

入眠。倘若一个青年看到

这圣洁的地方却无动于衷，并不

反省，不思收敛，心灵竟未

体会到部族的尊严以及欲望

与心灵之单纯，那他真让人遗憾！

回想这些隐秘的地方，当我

以陌生人的目光初次俯视一个

绿色的幽谷，我的心情何等

激荡——宁静的山坳，土著人的家园，

密布着简朴的木屋，都似正襟

危坐的君主，或像草地上的帐篷，

印第安人的河畔茅庐[77]。

华兹华斯在这里描绘了一幅理想的社会图卷。这个社会坐落在一个隐秘丛林的山谷之中，基本上算得上是与世隔绝了，但是，它又不失迷人的幽美与恬静。这里的生活环境艰苦，四周存在着随季节而变化的险情，但是居住在这里的人民却对生活充满快乐与满足。这是土著居民的家园之所在，是一个部落型的社会，一切都很原始与简朴。每天，人民迎着朝霞出门劳作，伴着夕阳回家栖息。这里看不出有统治阶级的迹象，自然也就没有压迫与剥削，而人的尊严、纯洁、自由与平等却都得到了应有的维护。华兹华斯对于这样的社会给予了充分的肯定，认为它是任何人都不可能无动于衷的圣洁之地。如此美好的一个去处到底是他游历途中之亲眼所见，还是他艺术创作中之凭空杜撰，这实在难于付诸考辨。但有一点可以肯定，不管属于哪种情况，它都是寄托了他的社会理想的。

华兹华斯的理想社会是托马斯·莫尔的理想社会相似的。莫尔在《乌托邦》中也描写了一个没有剥削、没有压迫的"宗法社会家长式"[78]的社会。但这个

---

77 ［英国］威廉·华兹华斯著，《序曲》，丁宏为译，北京：中国对外翻译出版公司，1999，第148-149页。

78 胡正学、江伙生、王忠祥主编，《外国文学名著辞典》，长沙：湖南出版社，1988，第256页。

社会是建立在民主制之下的，"全体摄护格朗特共二百名，他们经过宣誓对他们认为最能胜任的人进行选举，用秘密投票方式公推一个总督，特别是从公民选用的候选人四名当中去推"[79]。

（四）人民安居乐业

在华兹华斯的理想社会中，人民与世隔绝，无世事烦恼，过着安居乐业的快乐生活。《序曲》第六卷《剑桥与阿尔卑斯山脉》第533-540行：

> ……谷中的小鸟
> 常在枝叶间啼啭，苍鹰在天空中
> 高高地盘旋；收割的人们捆扎好
> 金黄的麦子，年轻的姑娘摊开
> 一个个干草堆，在阳光下晾晒，而冬天
> 却像一头驯服的巨狮从山坡上
> 缓缓走下，来到农舍中间，
> 在四周的花圃中自由自在地消遣[80]。

这里描述的是法国东部沙蒙尼山谷（Chamonix）中社会生活的情景：人民在垄亩之中收割着金黄灿灿的麦子，年轻的姑娘们则在趁天气晴朗而翻晒草堆，一切都是在和乐的气氛中进行着。小鸟在枝头嬉戏啼啭，雄鹰在空中高高盘旋，冬天在花圃里自由消遣，这些环境描写又反过来烘托出了人民安居乐业的快乐生活。华兹华斯《序曲》第七卷《寄居伦敦》第321-323行：

> 在生她养她的地方，平静伴她
> 度日，那是没有杂质的安恬，
> 没有焦虑[81]。

"她"指的是巴特米尔的一个少女，她住在远离都市的湖畔村落，但她过着安居乐业的生活，没有焦急与忧虑，有的只是单纯与恬静。在《序曲》第八卷中，华兹华斯描绘了一幅海尔芙琳人民的生活图卷：每年9月初，他们都要举行格拉斯米尔乡集。每到这个时候，他们或赶着牛羊，或拎着货篮，或带着

79　［英国］托马斯·莫尔著，《乌托邦》，戴镏龄译，北京：商务印书馆，1982，第54页。

80　［英国］威廉·华兹华斯著，《序曲》，丁宏为译，北京：中国对外翻译出版公司，1999，第150页。

81　［英国］威廉·华兹华斯著，《序曲》，丁宏为译，北京：中国对外翻译出版公司，1999，第179页。

水果，兴高采烈地来到集市。在集市之上，羊群咩咩高叫，小母牛哞哞低鸣，江湖医生高声叫卖，死记硬背的演说家边讲边拉动西洋景箱，提篮的老妇人不倦地兜售，甜美的姑娘羞涩地出售水果，孩子们用大人给的钱购买喜欢的东西。总之，集市之上，处处弥漫着欢乐的气氛：

> 集上充溢着欢乐与欢愉，老人
> 传给孩子，孩子们也感染着老人，
> 似乎每个人都来分享这喜悦的
> 气氛[82]。

集市只是海尔芙琳人民生活的一个缩影，由此可以窥见，他们是安居乐业的。华兹华斯有不少的诗歌都写到了人民生活的艰辛，但尽管如此，好象这些人还是乐于过这样的生活的。《悔》（1804）：

> 假如在晚间抱病辗转少睡眠，
> 那么在山岗迎接朝阳真舒坦；
> 俯览漫山遍野的肥壮牛羊，
> 血液中奔腾着青春的力量[83]。

这里，生活中尚有病苦，但它依然是快乐的生活，这种安居乐业的生活对人也具有吸引力。

（五）经济自给自足

在华兹华斯的理想社会中，生产方式是日出而作、日落而息，经济上同外界相隔绝，虽没有香格里拉中雍容富贵与优雅的生活，但人民依然过着自给自足的快乐生活。华兹华斯在《罪恶和悲伤，或发生在索尔兹伯里平原的事情》中描绘道：

> 一小处属于我们的地方——一块玉米田，
> 菜园子里面出产、储备着豌豆、薄荷和百里香，
> 用作花束的鲜花，通常在一大早的礼拜天
> 采摘，这时正赶上教堂的第一遍钟声敲响。
> 我怎能忘记我们剪羊毛时的种种胡闹！

---

82 华兹华斯，《序曲》第八卷《回溯：对大自然的爱引致对人的爱》第53-56行，［英国］威廉·华兹华斯著，《序曲》，丁宏为译，北京：中国对外翻译出版公司，1999，第204页。

83 ［英国］华兹华斯著，《华兹华斯抒情诗选》，谢耀文译，南京：译林出版社，1991，第60页。

> 穿过高高高的杂草几乎看不到我母鸡的富窝；
>
> 在六月的大露天采集黄花九轮草；
>
> 这些挺着洁白胸膛的高傲的天鹅
>
> 争先恐后地赶到水边来迎接我[84]。

在这里，有粮田，有菜地，有花圃，有母鸡，有天鹅，解决饮食问题没有问题，解决上教堂的问题没有问题，生活所需的基本问题可以基本得以解决。《纺车谣》（"Song for the Spinning-wheel"）：

> 嗡嗡的纺车快转吧！
>
> 　夜晚送来了好时辰；
>
> 仿佛有神灵帮一把，
>
> 　疲弱的手指又来劲；
>
> 露水渐浓田地暗，
>
> 　把纺车摇得团团转[85]！

在这里，有纺车，有纺车人，穿衣的问题也没有问题。上引两诗中所描绘的生活画面中，有吃，有喝，有穿，这不是自给自足的生活是什么？华兹华斯《序曲》第八卷《回溯：对大自然的爱引致对人的爱》第 160-164 行：

> ……我童年时目睹的乡间
>
> 风俗与习惯只不过是尚能温饱的
>
> 生活所特有的平淡无奇的副产，
>
> 当然，它充满了美——能让人感受到
>
> 美好[86]。

华兹华斯在其作品所描绘的是平凡恬淡的意境，这里只有普普通通的人民、恬淡静谧的乡野和平平淡淡的生活。自给自足并不等同于繁华富裕，相反，它总是同平淡无奇相联系的，而正是在这平淡无奇之中，恰恰蕴涵着真实美好的成分。

---

84 原诗参见：William Wordsworth, "Guilt and Sorry, or Incidents upon Salisbury Plain" XXIV, *The Collected Poetry of William Wordsworth*, Ware: Wordsworth Editions Limited, 1994, p.28.

85 ［英国］华兹华斯著，《华兹华斯诗歌精选》，杨德豫译，太原：北岳文艺出版社，2000，第 80 页。

86 ［英国］威廉·华兹华斯著，《序曲》，丁宏为译，北京：中国对外翻译出版公司，1999，第 208 页。

（六）民风朴素真淳

在华兹华斯的理想社会中，人民善良厚道，社会风气朴素真淳

在华兹华斯以赞美的笔调加以描述的社会中，民风也是朴素真淳的，这主要是通过一些平常的百姓包括纯洁的姑娘、天真的孩童来加以体现的。如《路易莎》中的路易莎、《预见》中的安尼妹妹、《鸽泉边幽径旁》中的姑娘、《农妇儿歌》中的农妇、《水手的母亲》中的母亲、《苏珊的梦幻》中的苏珊、《阳春 3 月作》中的劳动者、《麦克尔》中的麦克尔、《决心与自立》中的老汉、《致一高原少女》中的少女、《纪念雷斯利·卡尔弗特》中的卡尔弗特、《我的一位来自加莱的旅伴》中的黑人妇女，等等。他在《序曲》第六卷中勾勒出了一个美好的密林山谷社会，如前所引，这里的人民拥有"部落的尊严以及欲望／与心灵之单纯"，也系厚道淳朴者。

（七）人际关系和谐

在华兹华斯的理想社会中，人与人之间以诚相待、和睦相处，体现出了和谐的人际关系。换言之，人民以和谐的精神充实于内，以平和的气貌现之于外，以诗赋或歌唱来表达自己怡然自得的心情。华兹华斯《孤独的割麦女》（1805 年 5 月）：

> 你瞧，那孤独的山地少女！
> 　那片田野里，就只她一个，
> 她割呀，唱呀；——停下来听吧，
> 　要不就轻轻走过！
> 她独自割着，割下又捆好，
> 唱的是一支幽怨的曲调；
> 你听！这一片清越的音波
> 已经把深深的山谷淹没[87]。

（八）乌托邦色彩浓郁

看得出来，华兹华斯的理想社会具有复古主义和乌托邦色彩浓郁两个特征。

在十六世纪的英国，针对当时"传统的价值观念破坏殆尽，道德败坏，物

---

[87]［英国］华兹华斯著，《华兹华斯诗歌精选》，杨德豫译，太原：北岳文艺出版社，2000，第 164 页。

欲横流"[88]，"世风日下，腐败、混乱、罪恶猖獗"[89]的社会现实，清教主义者"感到忧心忡忡"[90]，于是很自然地把眼光投向了古老的英国社会，认为那时"民风淳朴，崇尚德性，秩序井然"[91]。在十九世纪的英国，针对资本主义的诸多弊端，威廉·莫里斯大胆预言憧憬共产主义社会，但与此同时，他也"或多或少地向往过去的时代"[92]，"对 14 世纪的英格兰满怀深切的思念之情"[93]，"把中世纪的生活方式理想化"[94]，"虚构起维多利亚时代晚期的理想国"[95]。在十九世纪后半叶的美国，针对物质主义的庸俗生活，埃德温·阿灵顿·罗宾逊（Edwin Arlington Robinson, 1869-1935）感到悲哀，他"把对人性的善与恶和当时的拜金主义、道德沦丧结合起来，对后者进行了尖刻的批评"[96]，并"像同代英国作家哈代一样，怀念浪漫的豪勇的过去，留恋它的信仰和传统"[97]，对中世纪的生活体现出了浓烈的依恋与"怀念"[98]。十九世纪末二十世纪初以来的哥伦比亚以及整个拉丁美洲的社会发展，正像加夫列尔·加西亚·马尔克斯（Gabriel García Márquez, 1927-2014）《百年孤寂》（*Cien años de soledad*）中的马贡多一样，"近百年来始终处于封闭、落后、贫困和保守的'孤独'境地"[99]，

88　史志康主编，《美国文学背景概观》，上海：上海外语教育出版社，1998，第 10 页。

89　史志康主编，《美国文学背景概观》，上海：上海外语教育出版社，1998，第 9 页。

90　史志康主编，《美国文学背景概观》，上海：上海外语教育出版社，1998，第 9 页。

91　史志康主编，《美国文学背景概观》，上海：上海外语教育出版社，1998，第 10 页。

92　黄嘉德，《威廉·莫里斯和他的〈乌有乡消息〉》，[英国]威廉·莫里斯著，《乌有乡消息》，黄嘉德、包玉珂译，北京：商务印书馆，1981，第 14 页。

93　[英国]阿萨·勃里格斯著，《英国社会史》，陈叔平、刘城、刘幼勤、周俊文译，北京：中国人民大学出版社，1991，第 94 页。

94　黄嘉德，《威廉·莫里斯和他的〈乌有乡消息〉》，[英国]威廉·莫里斯著，《乌有乡消息》，黄嘉德、包玉珂译，北京：商务印书馆，1981，第 14 页。

95　[英国]阿萨·勃里格斯著，《英国社会史》，陈叔平、刘城、刘幼勤、周俊文译，北京：中国人民大学出版社，1991，第 94 页。

96　刘海平、王守仁主编，朱刚主撰，《新编美国文学史》第二卷，上海：上海外语教育出版社，2002，第 236 页。

97　Li Yixie, Chang Yaoxin, *Selected Readings of in American Literature* (Tianjin: Nankai University,1991),p.3.

98　罗宾逊在诗歌《米尼弗·契维》（"Miniver Cheevy"）中写道："米尼弗诅咒今世的平庸，／蔑视军人咔叽尼的披挂。／他怀念中世纪体面的仪容，／军队在身上武装着铁甲。"实际上，罗宾逊是在借米尼弗·契维之口抒发自己厚古薄今之观点。原诗这一章节押的是尾韵，押韵方式为 abab，今谨据原韵译出。原诗参见：Robinson "Miniver Cheevy",Li Yixie, Chang Yaoxin, *Selected Readings of in American Literature* (Tianjin: Nankai University,1991),pp.4-5.

99　郑克鲁主编，《外国文学史》（修订版）下，北京：高等教育出版社，2006，第 211 页。

历史进程死水一潭，停滞不前，于是，"逃避现实，眷恋过去，抱残守缺，民族压迫越重，恋旧情绪愈浓"[100]。这些均是确例。

在华兹华斯的理想社会中，人民仿佛生活在古老的过去。浪漫主义提出了回到中世纪的口号，华兹华斯是赞同这一口号的人。他极力推崇理想化的中世纪完美的牧羊人式的共和国社会，是"一个回忆过去的诗人"[101]，其复古倾向也十分明显。在《露西组诗》中，年轻的村姑露西住在一个遥远的地方，一个远离文明世界的村庄，过着一种简单朴素的生活，这表现出了诗作者对过去一定程度上的依恋。在《苏珊的梦幻》一诗中，主人翁苏珊（Susan）身在城内，但她却厌恶这种生活，心中幻想着另一种生活。据查尔斯·兰姆（Charles Lamb, 1775-1834）写给华兹华斯的一封信，诗中的苏珊确有其人。她是个贫苦的女孩，生长在农村，后来被迫进城当使女。该诗通过苏珊的幻觉，表现了她对故乡、对田园生活的向往与眷恋。苏珊对都市生活的厌恶，实际上是华兹华斯对现实的工业文明的否定。苏珊对故乡、田园生活的向往和眷恋实际上是华兹华斯对过去的农牧业文明的肯定。让人颇感意味深长的是，在 1802 年之前，华兹华斯在该诗末尾还保留了一个诗节。这一诗节具有一股浓浓的说教味，反映了他的复古倾向：

> 还是回去吧，离乡背井的可怜人！
>
> 你父亲为迎接你仍会打开家门；
>
> 你又会穿着黄褐色的土布衣裳，
>
> 再一次听画眉在它的树上歌唱[102]。

在华兹华斯的诗歌《悔》中，原本靠土地生存的一家人在贪婪的驱使下卖掉土地，过上了异客的生活，不觉悔恨交加："想想我们当初的日入而息：／忘情于安息日的闲适和惬意！"[103]夹杂在悔恨之中的是昔日生活的甜甜回忆，《悔》：

> 我们居于斯，似林中飞鸟无忧无虑，

---

100 郑克鲁主编，《外国文学史》（修订版）下，北京：高等教育出版社，2006，第 211 页。

101 *A Course Book of English Literature* (II), compiled by Zhang Boxiang, Ma Jianjun (Wuchang: Wuhan University Press, 1998), p.166.

102 ［英国］华兹华斯著，《华兹华斯抒情诗选》，黄杲炘译，上海：上海译文出版社，2000，第 9 页。

103 ［英国］华兹华斯著，《华兹华斯抒情诗选》，谢耀文译，南京：译林出版社，1991，第 60 页。

像花丛蜂蝶自由飞来飞去；

有自己的土地，一切随意安排，

旁边的小溪，也流淌得自在[104]。

在上诗中，叙述人"我们""有自己的土地"，这种日子象征着业已成为过去的农牧业文明，是对工业文明的反动。关于华兹华斯的复古情结，在《序曲》第一卷《引言——幼年与学童时代》第170-179行中有较多的流露：

但更多时，我走入骑士故事的丛林，

寻得一处幽静的地方，对羊倌们

吹起笛子，或怀抱竖琴，坐在

悠然偃卧的骑士中间，于河边，

或在泉旁，从幽婉的叙说中，听到

坚强的意志如何面对和征服

不祥的魅惑；还有征战的故事，

疆场上利剑相拼，长矛相交，

战斗如此辉煌，似乎矛锋

剑刃竟知晓盾牌上的英雄纹章[105]。

《序曲》第八卷《回溯：对大自然的爱引致对人的爱》第173-185行则对过去的生活直言不讳地加以赞美：

古时，牧人与羊群在安恬中度日：

在隽秀的格里萨斯河畔享用着

源源不断的碧水与温暖的清泉；

在长满爱神木的亚得里亚海边

徜徉；也在富美的克利塔姆纳斯

两岸享受这安恬，用圣洁的河水

养育雪白的羊群，将它们献给

祭礼或庆典；在凉爽的卢克雷蒂利斯山

那漂亮的额头下，山羊牧人也在

平静中生活，听无踪迹的牧神在山上

---

104 ［英国］华兹华斯著，《华兹华斯抒情诗选》，谢耀文译，南京：译林出版社，1991，
第59页。

105 ［英国］威廉·华兹华斯著，《序曲》，丁宏为译，北京：中国对外翻译出版公司，
1999，第7页。

> 吹起他的箫笛，乐声穿岩
>
> 裂石，如守护之神，保护羊群
>
> 不受任何侵害[106]。

复古倾向是人类对渴望的极端形式的表述，威廉·赫兹利特（William Hazlitt, 1778-1830）说："理想总是蕴藏在极端之间。"[107]欧文·白璧德（1865-1933）说："每一种可以想像出的极端，无论是保守的极端还是激进主义的极端，都伴随着浪漫主义。"[108]

让·雅克·卢梭（Jean Jacques Rousseau, 1712-1778）是欧洲浪漫主义最重要的先驱，他宣扬尚古主义（primitivism），推崇原始文明（primitive civilisation），他的社会观很理想化，具有复古色彩。华兹华斯受卢梭的影响很大，他在其作品中流露出的复古情绪也可在卢梭这里找到源头。

（九）乌托邦色彩浓郁

华兹华斯的理想社会具有明显的乌托邦色彩。汉语中的"乌托邦"译自拉丁语"Utopia"，"Utopia"一词是托马斯·莫尔在其拉丁语著作《乌托邦》中创造出来的。据克里斯·鲍迪克（Chris Baldick）编撰的《牛津文学术语词典》（*Oxford Concise Dictionary of Literary Terms*），"Utopia"是由希腊语"eutopos"和"outopos"合成的一个双关语单词，"eutopos"意为"good place"即"好地方"，"outopos"意为"no place"即"乌有之地"[109]。又据约翰·安东尼·卡登（John Anthony Cudden）编撰的《文学术语词典》（*A Dictionary of Literary Terms*），"Utopia"是由希腊语"ou"和"topos"组合而成的单词，"ou"意为"not"即"乌有"，"topos"意为"place"即"地方"，两部分合起来表示"乌有之地"，它的文学双关是"eutopos"，"eutopos"意为"place (where all is) well"即"（处处皆）富有之地"[110]。综上所释，"乌托邦"具有双重含义，既表示美

---

106 ［英国］威廉·华兹华斯著，《序曲》，丁宏为译，北京：中国对外翻译出版公司，1999，第208页。

107 ［美国］欧文·白璧德著，《卢梭与浪漫主义》，孙宜学译，石家庄：河北教育出版社，2003，第60页。

108 ［美国］欧文·白璧德著，《卢梭与浪漫主义》，孙宜学译，石家庄：河北教育出版社，2003，第60页。

109 *Oxford Concise Dictionary of Literary Terms*, Chris Baldick, Oxford: Oxford University Press, 1990, p.235.

110 John Anthony Cudden, *A Dictionary of Literary Terms* (Revised Edition) , London: André Deutsch Limited, 1979, p.733.

好之地，又表示乌有之地，总而言之，美好但不存在的地方。"乌托邦"是想象出来的理想社会形态，是一种虚幻的社会存在。虚体与实体虽是矛盾的，但二者又是相通的，从实体中可领会虚体，虚体亦可确认为实体。《新爱洛绮丝》："幻想之乡是惟一值得居住之地。"[111]穆勒拉格夫在一首诗中写道："理性是实体的、有用的部分，/ 它赢得的是脑，而幻想赢得的是心。"[112]卢梭在 1761年 1 月 31 日给白利·德·米拉波的一封信中写道：

> 最后自由自在地沉湎于我的幻象之中，感谢上帝，这是我所能做到的。先生，对我来说，这是至高的快乐，在这个世界上，对像我这样的年纪的人来说，我想不出还有什么比这更快乐的了[113]。

人类对现实常常容易产生失望情绪，极度的失望往往又反过来把他们沦为失去精神依托的浪子。人类在回顾过去、审视现实之后，很自然要思考甚至梦想未来，从而有意无意地产生一些乌托邦思想。失望愈大，产生乌托邦思想的可能性也就愈大。乌托邦是人类摆脱苦难现实、实现自我超越的理想途径，是在严峻的社会现实中精神上无家可归的浪子的家园。乌托邦思想不仅是对未来的憧憬，而且是对现实的批判，同时也是对过去的反思，它是连接过去、现在和将来的必不可少的桥梁。人类若在自己的精神世界中没有乌托邦，他们的生活将变成死水一潭，又如断翅的鸟儿，既没有生机，也没有希望可言。泰晤士河注入北海，日复一日，月复一月，年复一年，一浪接一浪，一刻都未中断。正如这泰晤士河之水一样，西方思想史上的哲人对于过去的反思、现实的审视和未来的展望，也一直未曾停止过。他们为人类的未来大胆设想，创作出了不少闪烁着智慧之光的乌托邦或具有乌托邦色彩的作品，如：柏拉图（Plato，前 427-前 347）的《理想国》（*Republic*）、托马斯·莫尔（Thomas More, 1478-1535）的《乌托邦》（*Utopia*, 1516）、约翰·凡勒丁·安德里亚（Johann Valentin Andreae, 1586-1654）的《基督城》（*Chritianopolis*, 1619）、托马斯·康帕内拉（1568-1639）的《太阳城》（*Civitas Solis*, 1601 写成，1623 出版）、弗兰西斯·培根（Francis Bacon, 1561-1626）的《新大西岛》（*New Atlantis*, 1627）、山姆·戈

---

111 ［美国］欧文·白璧德著，《卢梭与浪漫主义》，孙宜学译，石家庄：河北教育出版社，2003，第 111 页。

112 ［美国］欧文·白璧德著，《卢梭与浪漫主义》，孙宜学译，石家庄：河北教育出版社，2003，第 9 页。

113 ［美国］欧文·白璧德著，《卢梭与浪漫主义》，孙宜学译，石家庄：河北教育出版社，2003，第 46 页。

特（Samuel Gott）的《新耶路撒冷》（*New Jerusalem*, 1648）、杰拉德·温斯坦莱（Gerrard Winstanley）的《政纲中的自由之法》（*The Law of Freedom in a Platform*, 1649）、托马斯·霍布斯（Thomas Hobbes, 1588-1679）的《勒维阿坦》（*Leviathan*, 1651）、布尔沃·里顿（Bulwer-Lytton, 1803-1873）的《未来的民族》（*The Coming Race*, 1871）、爱德华·贝拉米（Edward Bellamy, 1850-1898）的《追忆昔日时光》（*Looking Backward*, 1888）、威廉·莫里斯（William Morris, 1834-1896）的《约翰·布尔之梦》（*A Dream of John Bull*, 1888）和《乌有乡消息》（*News From Nowhere*, 1890）、西奥多·赫兹卡（Theodor Hertzka）的《自由之地，社会之展望》（*Freeland, a Social Anticipation*, 1891）、赫伯特·乔治·威尔斯（Herbert George Wells, 1866-1946）的《现代乌托邦》（*A Modern Utopia*, 1905）和《像神一样的人》（*Men Like Gods*, 1925）、詹姆斯·希尔顿（James Hilton, 1900-1954）的《消失的地平线》（*Lost Horizon*, 1933），奥尔德斯·赫胥黎（Aldous Huxley, 1894-1963）的《岛屿》（*Island*, 1962）、詹姆斯·哈林顿（James Harrington）的《欧森纳联邦》（*The Commonwealth of Oceana*），等等。上述作品中构建出的是由人类文化心理生产出的梦幻形式，是人类自身存在的影子，是人类下意识心理关于绝望和恐怖的形象表达。

白璧德在《卢梭与浪漫主义》中写道：

> 只有在梦乡，人才能依靠个性的扩张力量得到统一，而这种力量不仅将一个个体与另一个个体分开，而且可以使同一个个体与自己分离。只有在梦乡之中，在没有内在和外在的控制的情况下，"一切事物"都将"流向统一，就像河流流向大海一样"[114]。

上述乌托邦或具有乌托邦思想色彩的作品只是主观地表现了人类的精神生活，它们所构建出的一幅幅理想社会的图卷也只是一个人类永远也无法实现的美梦。正是由于它们离人类现实过于遥远，正是由于它们永远无法实现，所以它们对人类产生的魅力才如此巨大。但是，它们使人类在分裂和异化的状况下重新得到了完整和统一，极大地丰富了人类的精神世界，激励着人类迎着艰难困苦迈着坚定的步伐朝着未来勇敢地前进。

对理想社会的追求，乃是文学创作的一个永恒的主题。阿里斯托芬（Aristophanes，约前450-约前388）是古希腊杰出的喜剧诗人，在希腊喜剧发

---

114 ［美国］欧文·白璧德著，《卢梭与浪漫主义》，孙宜学译，石家庄：河北教育出版社，2003，第110页。

展中发挥了巨大作用，有"喜剧之父"（the father of comedy）之誉。他的喜剧作品《鸟》（"The Birds"）有 1765 行，是现存最长的诗剧。这部剧作描写两个雅典人不满意现实生活的混乱，同一群鸟一起在天和地之间建立了一个理想的"云中鹁鸪国"，没有贫富之分，没有剥削之苦，劳动是生存的唯一条件。这是现存唯一以神话幻想为题材的喜剧，是欧洲文学史上最早描写理想社会的作品。阿里斯托芬在《鸟》中对"云中鹁鸪国"理想社会的描绘比英国托马斯·莫尔《乌托邦》对"乌托邦"理想社会的描绘早 2000 多年。华兹华斯或有意或无意或有意加无意以文学的形式所描绘出了理想社会图卷，自有从阿里斯托芬、摩尔一脉下来的渊源，展示了英国社会所作的努力，是值得肯定的。

四、理想社会模式的文化内涵

华兹华斯的理想社会体现了英国快乐的英格兰的社会理想，既具有农业文明的特征，还具有畜牧业文明的色彩，体现了回到中世纪的浪漫主义的理念。

（一）英国快乐的英格兰

华兹华斯的理想社会体现了英国快乐的英格兰的社会理想。关于英国欢乐的英格兰，阎照祥在《英国史》中有简要阐释：

> 工业革命前的英国处在两大变革时期之间。它告别了内战、流血和专制，可仍未被工业社会浸淫。传统社会风貌处处可见：静谧的乡村、弯曲泥泞的小路，憨厚朴实的乡民，绿茵茵的公有地，哞哞欢叫的牛羊。这同莎士比亚的社会有多大区别？以后的英国人留恋和赞美农业社会的舒适生活，称之为"快乐的英格兰"[115]。

以上阐释已非常清楚，快乐的英格兰的社会理想脱胎于英国工业革命前的传统社会。这样的社会理想包含了多方面的适意、变化和进步，它并非只是空中楼阁。同欧洲大陆相比，统一的不列颠社会相对安定，没有德意志和法国式的国内关税壁垒，没有过多的正规军，没有大陆式的警察体制，议会两院议员没有薪酬，政府行政开支也明显低于大陆同类国家。同以往相比，农业显得风调雨顺，人口增长未导致粮食过于紧张。1700-1760 年，全国谷物产量由 1,310 万夸特增加到 1,470 万夸特，而人口增幅不大，粮价稳中有降，英国仍誉为"欧洲谷仓"[116]。参照前论华兹华斯理想社会的主要特质可见，华兹华斯的理想社

---

115 阎照祥著，《英国史》，北京：人民出版社，2003，第 230 页。

116 阎照祥著，《英国史》，北京：人民出版社，2003，第 231 页。

会体现了英国快乐的英格兰的社会理想。

华兹华斯曾一度崇尚法国革命，卢梭则是直接影响法国革命的关键人物。卢梭的政治理念是以人之初性本善的哲学为基础的。他认为人的天性是善良，是虚伪的文明环境即政府和上层建筑污染了它。在他所梦想的社会中，环境美丽，空气清新，人民胃口良好，身体健康，生活自由自在，无从属感。这实际上是一个具有农牧业文明色彩的自然社会。

（二）农业、畜牧业文明

华兹华斯的理想社会除建立在农耕的基础上之外，也是建立在畜牧的基础之上的，畜牧业文明的特征尤其彰显。历史不长，还不到两千年。英国民族的祖先"是勤劳的牧羊人和农民"[117]。早在 43-410 年罗马近四百年的统治时期内，"由于铁器的广泛使用和森林的大量开发，农业和畜牧业都得到进一步的发展"[118]。粗略地说，在古代英国，农耕和畜牧业都在社会生产中占据着重要的地位。他在《序曲》第六卷中描述的沙蒙尼山谷中和另一个幽谷的社会、《阳春 3 月作》所描写的社会，都是农业式的。另一方面，他在《序曲》第八卷所描写的童年时所见的社会、成年时所见的社会、《麦克尔》（"Michael"）和《鹿跳泉》（"Hart-Leap Well"）等作品中所描绘的社会又都是畜牧业式的。给人的感觉是，他在诗歌中着墨更多的还是牧羊人的生活，他所描绘的理想社会更多的还是建立在畜牧的基础之上的，畜牧业文明的特征特别显著。这是他在社会理想方面同陶渊明非常不同的一个方面。《序曲》第八卷《回溯：对大自然的爱引致对人的爱》第 185-209 行：

> ……成年后，我也
> 曾经见过一片类似的田园，
> 那是个能让人放纵想象力的地方，
> 尽管它的天宇稍欠些宽宏，
> 少一点安详。大自然为取悦自己，
> 在此围出一方乐土，舒平
> 一片漂亮的牧野，点缀上许多

---

117 王宗炎主编，裘克安编著，《英语与英国文化》，长沙：湖南教育出版社，1993，第 30 页。
118 陈治刚、张承谟、汪尧田、汪明编著，《英美概况》（新编本），上海：上海外语教育出版社，1994，第 34 页。

宛若群岛的丛林，堆起一道道

树高叶茂的围堤。但这平野

并无界端，这边豁然开朗，

那边被小湖截住，或碰上高起的

草场或迷宫般的角落——那是些隐入

山崖的幽隈和深坳。牧人在原野上

四方游荡，一间轮子上的小屋

就是他的住房；春时住在

这边，夏令又在他方，日出时

可听见他那清澄的竖箫吹起

情歌的曲调，或轻快的横笛在远方

吹响。在这寥廓的空间里，只要

途通路畅，任何角落或区域

都会迎来远客，任他愉快地

度过无需辛劳的时光——旋个

椈木碗，这也是最繁重的工作，用来

盛泉水，而游客在此随意漫游，

常能发现清泉流淌[119]。

（三）回到中世纪的理念

在对待现实的态度上，浪漫主义由于对现实强烈不满，大都不屑于对现实作精确的描绘，而力图去表现生活的理想，浪漫主义从本质上看是文学艺术上的理想主义。关于浪漫主义，珀西·比希·雪莱说它"在我们的人生中替我们创造另一种人生"[120]，约翰·克里斯托弗·冯·弗雷德里克·席勒（Johann Christoph Friedrich von Schiller, 1759-1805）说它"要把自己提高到理想的领域"[121]。"浪漫主义作品所描写的，不是'事实如此'而是'应当如此'的生活，

---

119 ［英国］威廉·华兹华斯著，《序曲》，丁宏为译，北京：中国对外翻译出版公司，1999，第208-209页。

120 转引自：唐正序、冯宪光主编，《文艺学基础理论》（修订本），成都：四川大学出版社，1994，第290页。

121 转引自唐正序、冯宪光主编，《文艺学基础理论》（修订本），成都：四川大学出版社，1994，第290页。

所探求的不是'事实怎样'而是'应当怎样'的问题。"[122]如，李白的《梦游天姥吟留别》描写了作者在睡梦之中游览名山天姥，在瑰玮绚丽的情景中同众神仙相遇，全篇想象丰富奇特，间接表现了作者对丑恶现实的不满、远离黑暗现实的决心和放任自由的愿望："别君去兮何时还？且放白鹿青崖间，须行即骑访名山。安能摧眉折腰事权贵，使我不得开心颜。"[123]作者在睡梦之中游名山，登天梯，披长风，乘云雾，御白鹿，会群仙，"鄙弃尘俗、蔑视权贵、追求自由的思想"[124]，具有强烈的理想主义色彩。埃斯库罗斯（前525-前456）的《被缚的普罗米修斯》描写了普罗米修斯为人类而受苦，为反抗暴政而斗争，他同情人间的苦难，把天上的火种偷来送给人类，并教会人类各种技艺，让人类享受文明与幸福。众神之主宙斯大怒，把他捆在高加索悬崖上，每天派一只鹰去啄食他的肝脏，使他不断遭受煎熬和痛苦，但他毫不屈从于对方的淫威："可是宙斯是会屈服的，不管他的意志多么倔强；……除了我，没有一位神能给他明白的指出一个办法，使他避免灾难。"[125]普罗米修斯偷盗天火，遭受神罚，藐视权威，奋力反抗，他使希腊诸神"悲剧式地受到一次致命伤"[126]，具有强烈的理想主义色彩。陶渊明的《桃花源记并诗》的确是一篇具有浪漫主义性质的作品，但若把他其他所有作品都考虑进去的话，又不能将他简单、片面地归于浪漫主义作家之列。至于华兹华斯，他是英国浪漫主义的代表人物，其作品当然是浪漫主义的。陶渊明和华兹华斯或比较集中或相对分散地在其作品中描绘出了他们各自的理想社会图卷，但不能据此推断，他们都是浪漫主义作家。

浪漫主义具有强烈的主观情感，它往往是同当时的现实极为不调和的产物，它可以表现为对现实的无情揭露和愤怒控诉，也可以表现为对未来的大胆幻想和热烈憧憬，二者有常常是连在一起的。雪莱在《伊斯兰的起义》的《序言》中写道："我只是要唤醒人们的情感，从而使读者明了真正的德行之美，

---

122 唐正序、冯宪光主编，《文艺学基础理论》（修订本），成都：四川大学出版社，1994，第290页。

123 王琦注，《李太白全集》中册，北京：中华书局，1977，第708页。

124 朱东润主编，《中国历代文学作品选》中编第一册，上海：上海古籍出版社，1980，第86页。

125 ［古埃及］埃斯库罗斯著，《被缚的普罗米修斯》，罗念生译，周煦良主编，《外国文学作品选》第一卷，上海：上海译文出版社，1979，第63页。

126 彭斯，《我们干吗白白浪费青春》，［英国］彭斯著，《彭斯抒情诗选》，袁可嘉译，长沙：湖南文艺出版社，1996，第61页。

并激励他们从事探讨，我自己就是通过这种探讨而树立了我的道德和政治信仰。"[127]华兹华斯对工业文明的怀疑和否定，可能始自童年时期。《序曲》第七卷《寄居伦敦》第89-98行：

> ……当时在我们
>
> 那群孩子中，曾经有一位天生
>
> 跛足的少年，因偶然的机会，在上学时
>
> 去过伦敦，成为幸运的游客，
>
> 让我们羡慕。不久后，当他返回时，
>
> 我仔细观察他的神态与相貌，
>
> 发现他的气质依然如故，
>
> 竟未从那新奇的地方、那犹如仙境的
>
> 城市带来一点变化。老实说，
>
> 我难免感到失望[128]。

尽管如此，华兹华斯对现实社会进行直接的、不断的揭露、批判和对理想社会加以间接的、局部的描绘、咏叹并不是其生而有之的秉性，相反，这是有深刻的文化根源的：他是浪漫主义诗人，而且是英国第一代浪漫主义诗人的领袖。

---

127 ［英国］雪莱著，《伊斯兰的起义》，王科一译，上海：上海文艺出版社，1962，第 1 页。

128 ［英国］威廉·华兹华斯著，《序曲》，丁宏为译，北京：中国对外翻译出版公司，1999，第 170 页。

威廉·华兹华斯的文学题材简析

根据约翰·彼得·爱克曼（Johann Peter Eckermann, 1792-1854）辑录的《歌德谈话录》（*Gespräche mit Goethe*）[1]记载，约翰·沃尔夫冈·冯·歌德（Johann Wolfgang von Goethe, 1749-1832）曾在论及艺术学时断言："还有什么比题材更重要呢？离开题材还有什么艺术学呢？如果题材不适合，一切才能都会浪费掉。"[2]艺术学如此，文学亦如此。文学作品的情感和思想必须依托在一定题材的基础之上才能得以表达，题材对于文学作品而言具有至关重要的价值。威廉·华兹华斯（William Wordsworth, 1770-1850）文学创作的风格是朴素自然、平易近人，这样的风格是同其题材的选择密切相关的，华兹华斯文学题材研究很有意义。在文学题材的选择方面，他把眼光投向了自然、百姓、儿童、田园生活，而讴歌自然、自然中的人和田园生活的诗歌成为了其作品中分量最重、艺术性最高的部分。

一、华兹华斯的自然题材

约翰·辛普森（John Simpson）主编《牛津英语谚语词典》（*Oxford Concise Dictionary of Proverbs*）中有谚语云："上帝创造了乡村，人类创造了城镇。"[3]

---

1 *Gespräche mit Goethe*: 英译作 *Conversations of Goethe with Johann Peter Eckermann*。

2 ［德国］爱克曼辑录，《歌德谈话录》，朱光潜译，北京：人民文学出版社，1978，第 11 页。

3 原文为："God made the country, and man made the town." 详见：John Simpson, *Oxford Concise Dictionary of Proverbs*, Third Edition, Oxford: Oxford University Press / Shanghai: Shanghai Foreign Language Education Press, 1998, p.113. 或作："God made the country; man made the town." 详见：李永芳主编，《英汉双解英语谚语辞典》（第二版），上海：上海外语教育出版社，2009，第 206 页。

言外之意是，天然之乡野优胜于人造之都市[4]。亚历山大·蒲柏（Alexander Pope, 1688-1744）在《批评论》（*An Essay on Criticism*）中提出，只有自然才值得研究、描写，诗人不能离开自然。常耀信著的《英国文学简史》（*A Survey of English Literature*）中介绍华兹华斯说：“还在孩提时期，他便热爱大自然、大自然的景观和声响，并了解农民、牧人以及流浪汉。”[5]按照诗歌的主题，华兹华斯的短诗可分成两类，一类是关于自然的，一类是关于人类生活的。郭群英主编的《英国文学新编》（*British Literature*）说，华兹华斯在描绘“山脉河流、鲜花鸟儿”[6]等事物方面的状况是最佳的，查尔斯·桑德斯（Charles Sanders）编辑的《罗伯特·弗罗斯特：诗人及其批评》（*Robert Frost: The Poet and His Critics*）一书附带说，华兹华斯“最擅长于展示自然的全景”[7]。1793 年，华兹华斯最早的两个诗集《素描》（*Descriptive Sketches*）[8]和《黄昏散步》（*An Evening Walk*）出版。1936 年，商务印书馆出版了一本薄薄的《英汉对照沃兹沃斯名诗三篇》（*Three Famous Poems 〈Juvenile Pieces〉 of the Poetical Works of William Wordsworth with Chinese Translation*），将 *Descriptive Sketches* 译作《写景》[9]，将 *An Evening Walk* 译作《夕游》[10]，曰：“《写景》一篇，乃阿尔帕斯山中游

---

4 这句谚语可以解释为：“天赐的自然成就了乡野，人类的技巧造就了城市。”（“Divine nature gave us the fields, human art built the cities.”）详见：John Simpson, *Oxford Concise Dictionary of Proverbs*, Third Edition, Oxford: Oxford University Press / Shanghai: Shanghai Foreign Language Education Press, 1998, p.113.或解释为：“自然之景是美丽的；像城镇这样的人造之物常常是丑陋的。”（“Natural scenes are beautiful; man-made things like towns are often ugly.”）详见：李永芳主编，《英汉双解英语谚语辞典》（第二版），上海：上海外语教育出版社，2009，第 207 页。

5 Chang Yaoxin, *A Survey of English Literature*, Tianjin: Nankai University Press, 2006, p.169.

6 Guo Qunying, *British Literature*, Beijing: Foreign Language Teaching and Research Press, p.147.

7 “Robert Frost as Nature Poet”, *Robert Frost: The Poet and His Critics*, edited by Charles Sanders, Urbana: University of Illinois, 1976, p.217.

8 *Descriptive Sketches*：目前所见，汉译有三。一曰《写景》，详见：［英国］沃兹沃斯著，《英汉对照沃兹沃斯名诗三篇》，张则之、李香谷译，上海：商务印书馆，1936，第 13 页。二曰《素描集》，详见：侯维瑞主编，《英国文学通史》，上海：上海外语教育出版社，1999，第 342 页。三曰《描写诗稿》，详见：梁实秋著，《英国文学史》（三），北京：新星出版社，2011，第 894 页。

9 ［英国］沃兹沃斯著，《英汉对照沃兹沃斯名诗三篇》，张则之、李香谷译，上海：商务印书馆，1936，第 13 页。

10 ［英国］沃兹沃斯著，《英汉对照沃兹沃斯名诗三篇》，张则之、李香谷译，上海：商务印书馆，1936，第 2 页。

记。巨细不遗,蔚为大观。"[11]检诸1994年华兹华斯版本有限公司(Wordsworth Editions Limited)出版的《威廉·华兹华斯诗歌集》(*The Collected Poetry of William Wordsworth*)可见,《素描》有一题记曰"徒步游览阿尔卑斯山期间所记"(Taken during a Pedestrian Tour Among the Alps[12]),说明《素描》"乃阿尔帕斯山中游记"之说不虚,描写的是阿尔卑斯山的景色。其实,岂止《素描》,《黄昏漫步》也是描写阿尔卑斯山景色的。这两个诗集通过描绘阿尔卑斯山的景色,以18世纪的传统记录了对自然的感受。1850年,诗集《序曲》(The Prelude)出版。《序曲》描绘了他从童年到成年人的成长历程,展示了在同自然的壮丽伟大相结合的想象的影响之下人类意识的演进[13]。很多批评家认为,这是华兹华斯最伟大的作品。在这本诗集中,也有很多对自然的描绘与赞叹。他在第六卷《剑桥与阿尔卑斯山脉》第89-94行中暗示,他所见到的实景才是真正意义上的奇景,这些奇景胜过了赫伯特·斯宾塞(Herbert Spencer, 1820-1903)的虚构。

至于华兹华斯何以将眼光从都市转移开而如此热衷于描写自然,他本人在《序曲》第十三卷中作了解释:

>……在那巨大的都市中,
>这些也常能找到,否则在我的
>眼中,它会变成一片沙漠,
>令人心情抑郁。然而,它毕竟
>还有许多欠缺,因此我转向
>你们——凄寂的大路与蜿蜒的小径;
>你们富有我所珍重的一切,
>充盈着人性的善良与纯朴的欢愉[14]。

华兹华斯在这里说得十分清楚,他之所以毅然抽身从城市中脱离出来而

---

11 [英国]沃兹沃斯著,《英汉对照沃兹沃斯名诗三篇》,张则之、李香谷译,上海:商务印书馆,1936,第1页。阿尔帕斯:the Alps之旧译,今多译作"阿尔卑斯"。

12 *The Collected Poetry of William Wordsworth*, Ware: Wordsworth Editions Limited, 1994, p.10.

13 *A Course Book of English Literature* (II), compiled by Zhang Boxiang and Ma Jianjun, Wuchang: Wuhan University Press, 1998, pp.166-167.

14 第十三卷《想象力与审美力,如何被削弱又复元——结尾》第112-119行,[英国]威廉·华兹华斯著,《序曲》,丁宏为译,北京:中国对外翻译出版公司,1999,第331页。

欣然转向自然的怀抱，主要有两个考虑：一是都市"会变成一片沙漠，／令人心情抑郁。然而，它毕竟／还有许多欠缺"，这样的地方是令人窒息、不可久留的。二是"凄寂的大路与蜿蜒的小径"固然可以看作是字面意义上的实指、确指，也是可以视为自然之代表，凄寂的大路、蜿蜒的小径就是自然，在这样的自然中，有他"所珍重的一切／充盈着人性的善良与纯朴的欢愉"。都市如彼，自然若此，故舍彼取此，不仅乐于奔向自然，而且将自然作为文学创作的重要题材。

华兹华斯以自然为题材的诗歌数量很多，俯拾皆是。比如，《廷腾寺》（"Lines Composed a Few Miles above Tintern Abbey, on Revisiting the Banks of the Wye during a Tour"）[15]以古老的廷腾寺（Tintern Abbey）旁边怀河河岸（the

15　"Lines Composed a Few Miles above Tintern Abbey, on Revisiting the Banks of the Wye during a Tour"：目前所见，汉译有十。一曰《廷腾寺》，详见：[英国] 多人，《英国历代诗歌选》上册，屠岸选译，南京：译林出版社 2007 年版，第 313 页；[英国] 华兹华斯著，《华兹华斯诗歌精选》，杨德豫译，太原：北岳文艺出版社，2000，第 124 页；[英国] 华兹华斯著，《华兹华斯诗歌精选》，杨德豫译，太原：北岳文艺出版社，2010，第 126 页；[英国] 华兹华斯著，《华兹华斯抒情诗选》，杨德豫译，长沙：湖南文艺出版社，1996，第 107 页；[英国] 华兹华斯著，《湖畔诗魂——华兹华斯诗选》，杨德豫译，北京：人民文学出版社，1990，第 148 页；[英国] 华兹华斯著，《华兹华斯诗选》，杨德豫译，桂林：广西师范大学出版社，2009，第 125 页；[英国] 华兹华斯、柯尔律治著，《华兹华斯、柯尔律治诗选》，北京：人民文学出版社，2001，第 127 页；[英国] 威廉·华兹华斯著，胡进之主编，《华兹华斯诗集》，乌鲁木齐：伊犁人民出版社，2011，第 147 页；[英国] 华兹华斯著，《华兹华斯诗选》（英汉对照），杨德豫译，北京：外语教学与研究出版社，2012，第 133 页。二曰《丁登寺》，详见：赵光旭著，《华兹华斯"化身"诗学研究》，上海：上海大学出版社，2010，第 83 页；[英国] 哈里·布拉迈尔斯，《英国文学简史》，濮阳翔、王义国等译，成都：四川人民出版社，1987，第 332 页。三曰《丁登寺旁》，详见：[英国] 王佐良、李赋宁、周珏良、刘承沛主编，《英国文学名篇选注》，北京：商务印书馆，1983，第 662 页；王佐良主编，《英国诗选》，上海：上海译文出版社，2011，第 222 页；[英国] 安德鲁·桑德斯著，《牛津简明英国文学史》（下），谷启楠、韩加明、高万隆译，北京：人民文学出版社，2000，第 532 页。四曰《丁登寺赋》，详见：郑克鲁、蒋承勇主编，《外国文学史》（第三版）上，北京：高等教育出版社，2015，第 182 页。五曰《丁登寺杂咏》，详见：侯维瑞主编，《英国文学通史》，上海：上海外语教育出版社，1999，第 347 页。六曰《作于亭潭寺上方数里处》，详见：梁实秋著，《英国文学史》（三），北京：新星出版社，2011，第 905 页。七曰《一次旅行时重访怀河两岸，在丁登寺上游数英里处吟得的诗行》，王佐良主编，《英国诗选》，上海：上海译文出版社，2011，第 222 页脚注。八曰《廷川修道院》，详见：[英国] 艾弗·埃文斯著，《英国文学简史》，蔡文显译，北京：人民文学出版社，1984，第 72 页。九曰《听潭

banks of the Wye）[16]景色为题材，描写内河喁喁低语（a soft inland murmur）倾泻的山泉（these waters, rolling from their mountain-springs）、陡峭高峻的山崖（these steep and lofty cliffs）、连接静穆天穹的地面景物（the landscapes with the quiet of the sky）、苍黯的西卡莫槭（this dark sycamore）、处处的村院（these plots of cottage-ground）、簇簇的果枝（these orchard-tufts）、丛丛的灌林（groves and copses）、排排的树篱（these hedge-rows）、蓝色的天穹（the blue sky）、翠绿的大地（the green earth）、愉人的小溪（this delightful stream）、挺拔的树木（these steep woods）、碧绿的原野（this green pastoral landscape）等自然景物[17]。《无题（我一见彩虹高悬天上）》（"Untitled: My heart leaps up when I behold"）以彩虹（a rainbow）为题材，描写彩虹、天空（the sky）[18]等自然景物。《无题（我像一朵孤独的云）》（"Untitled: I wandered lonely as a cloud"）[19]以水仙（the daffodils）为题材，描写云霓（a cloud）、山谷（vales）、小山（hills）、一大片金黄的水仙（a crowd, a host of golden daffodils）、湖泊（the lake）、树木（the

---

寺左近所作诗》，详见：［苏联］阿尼克斯特著，《英国文学史纲》，戴镏龄、吴志谦、桂诗春、蔡文显、周其勋、汪梧封译，北京：人民文学出版社，1959，第287页。十曰《诗行：记重游葳河沿岸之行》，详见：［英国］华兹华斯著，《华兹华斯抒情诗选》，黄杲炘译，上海：上海译文出版社，2000，第76页。

16 the Wye: 或译葳河，详见：［英国］华兹华斯著，《华兹华斯抒情诗选》，黄杲炘译，上海：上海译文出版社，2000，第76页。

17 *The Collected Poetry of William Wordsworth*, Ware: Wordsworth Editions Limited, 1994, pp.205-207.

18 *The Collected Poetry of William Wordsworth*, Ware: Wordsworth Editions Limited, 1994, p.79.

19 "Untitled: I wandered lonely as a cloud": 或译《"我独自游荡，像一朵孤云"》，详见：［英国］威廉·华兹华斯著，《华兹华斯抒情诗选》，黄杲炘译，西安：陕西师范大学出版社，2016，第220页；［英国］华兹华斯著，《华兹华斯抒情诗选》，黄杲炘译，上海：上海译文出版社，2000，第256页。亦有以"The Daffodils"为题译作《水仙》者，详见：［英国］华兹华斯著，《华兹华斯诗选》（英汉对照），杨德豫译，北京：外语教学与研究出版社，2012，第106-107页；［英国］华兹华斯著，《华兹华斯抒情诗选》，杨德豫译，长沙：湖南文艺出版社，1996，第74-75页；［英国］华兹华斯、柯尔律治著，《华兹华斯、柯尔律治诗选》，北京：人民文学出版社，2001，第91页；［英国］华兹华斯著，《华兹华斯诗歌精选》，杨德豫译，太原：北岳文艺出版社，2000，第94页；［英国］华兹华斯著，《华兹华斯诗歌精选》，杨德豫译，太原：北岳文艺出版社，2000，第100页；［英国］华兹华斯著，《华兹华斯诗选》，杨德豫译，桂林：广西师范大学出版社，2009，第95页；［英国］威廉·华兹华斯著，胡进之主编，《华兹华斯诗集》，乌鲁木齐：伊犁人民出版社，2011，第115页；［英国］华兹华斯著，《湖畔诗魂——华兹华斯诗选》，杨德豫译，北京：人民文学出版社，1990，第112页。

trees）、微风（the breeze）、一湾湖水（the margin of bay）、粼粼波光（the sparkling waves）[20]等自然景物。《早春命笔》（"Lines Written in Early Spring"）以早春（early spring）为题材，描写千百种乐音（a thousand blended notes）、迎春花簇（primrose tufts）、绿荫（that green bower）、长春花（the periwinkle）、鸟雀（the birds）、萌芽的树枝（the budding twigs）、轻快的微风（the breezy air）等自然景物[21]。《橡树与金雀花》（"The Oak and the Broom"）以橡树（an Oak）、金雀花（a Broom）为题材，描写潺潺小溪（babbling rills）、树林（the woods）、小山（the hills）、冬夜（winter's night）、树木（the trees）、厉风（the roaring wind）、悬崖（a crag）、高石（a lofty stone）、橡树、金雀花、金碧的蝴蝶（the butterfly, all green and gold）等自然景物[22]。《绿山雀》（"The Green Linnet"）以山雀（Linnet）为题材，描写果树枝（fruit-tree boughs）、雪白的花瓣（snow-white blossoms）、耀眼的阳光（brightest sunshine）、鸟雀（birds）、花朵（flowers）、披绿衫的山雀（Linnet in thy green array）、蝴蝶（butterflies）、榛树丛（tuft of hazel trees）、农舍的屋檐（the cottage eaves）、舞动的树叶（dancing leaves）等自然景物。《麻雀窝》（"The Sparrow's Nest"）以麻雀窝（the Sparrow's nest）为题材，描写绿叶浓荫（leafy shade）、麻雀窝（the Sparrow's dwelling）、青青的鸟蛋（blue eggs）。《致雪花莲》（"To a Snowdrop"）以雪花莲（a Snowdrop）为题材，描写孤芳（lone Flower）、白雪（white snow）、暴风雨（storms）、山顶（mountain-tops）、高升的太阳（the rising sun）、平原（the plains）、灿烂的长寿花（bright jonquils）、柔和的西风（the soft west-mind）、洁白的雪花莲（Chaste Snowdrop）等自然景物[23]。《致杜鹃》（"To the Cuckoo"）以杜鹃（the Cuckoo）为题材，描写充满鸟声的树林（the whole warbling grove）、阳光（sunshine）、阵雨（shower）、狮子（lion）、雄鸡（cock）、黎明（dawn）、柔和的微风（soft gales）等自然景物[24]。《致雏菊》（"To the Daisy"）以雏菊（the Daisy）为题材，

20　*The Collected Poetry of William Wordsworth*, Ware: Wordsworth Editions Limited, 1994, p.187.

21　*The Collected Poetry of William Wordsworth*, Ware: Wordsworth Editions Limited, 1994, p.482.

22　*The Collected Poetry of William Wordsworth*, Ware: Wordsworth Editions Limited, 1994, pp.155-157.

23　*The Collected Poetry of William Wordsworth*, Ware: Wordsworth Editions Limited, 1994, p.264.

24　*The Collected Poetry of William Wordsworth*, Ware: Wordsworth Editions Limited, 1994, pp.273-274.

描写灿烂的花（bright Flower）、森林（the forest）等自然景物[25]。《可怜的罗宾》（"Poor Robin"）以一种野生天竺葵罗宾（robin）为题材，描写罗宾在自然中生长的情况[26]。《致知更鸟》（"To a Redbreast"）以知更鸟（a Redbreast）为题材，描写一只小巧而快乐的知更鸟（a little cheerful Robin）的情况[27]。例子许多，难于胜举。这些是华兹华斯描写自然的上乘之作，其中，《廷腾寺》《无题（我一见彩虹高悬天上）》《无题（我像一朵孤独的云）》在各种英国文学诗歌集中入选率相当高。

华兹华斯的其他一些、姑且谓之半自然诗的作品也有不少，唾手可得。比如，《鹿跳泉》（"Hart-Leap Well"）描写夏日的云彩（a summer's cloud）、可怜的公鹿（the poor Hart）、山楂树（the thorn）、山泉（a spring）、小山（a hill）、月亮（the Moon）、流泉（the living well）、三棵白杨（three aspens）等自然风物[28]。《瀑布与野蔷薇》（"The Waterfall and the Eglantine"）描写瀑布（a small Cascade, the waterfall, the Torrent）、洪流（the Flood）、野蔷薇（an eglantine，a poor Briar-rose, a Briar）等自然风物。《山楂树》（"The Thorn"）描写老山楂树（the old Thorn）、山岩（rock）、石块（stone）、藓苔（tufts of moss）、冬日风暴（the stormy winter gale）、山脊（a mountain's highest ridge）、山谷（vale）、云霄（the clouds）、山径（the mountain path）、小泥水塘（a little muddy pond of water）、干渴阳光（thirsty suns）、灼热空气（parching air）、土墩（this heap of earth）、猩红的大氅（a scarlet cloak）、山峰（mountain-top）、湛蓝的天光（the blue daylight）、旋风（the whirlwind）、小山（the hill）、寒风（frosty air）、雨（rain）、风暴（tempest）、雪（snow）、土丘（hillock）、突岩（a jutting crag）、山巅（the mountain-peak）、墓园小径（the churchyard path）等自然风物[29]。《两个四月之晨》（"The Two April Mornings"）[30]描写鲜红（bright and red）的朝阳

---

25 *The Collected Poetry of William Wordsworth*, Ware: Wordsworth Editions Limited, 1994, pp.485-486.

26 *The Collected Poetry of William Wordsworth*, Ware: Wordsworth Editions Limited, 1994, pp.529-530.

27 *The Collected Poetry of William Wordsworth*, Ware: Wordsworth Editions Limited, 1994, p.530.

28 *The Collected Poetry of William Wordsworth*, Ware: Wordsworth Editions Limited, 1994, pp.200-202.

29 *The Collected Poetry of William Wordsworth*, Ware: Wordsworth Editions Limited, 1994, pp.197-200.

30 "The Two April Mornings"：目前所见，汉译有二。一曰《两个四月之晨》，详见：［英国］华兹华斯著，《华兹华斯抒情诗选》，黄杲炘译，上海：上海译文出版社，

（the morning sun）、青草（the grass）、小溪（the streaming rills）、小山（the hills）、玉米坡（slope of corn）、晨露（morning dew）、野苹果枝（a bough of wilding）等自然风物[31]。《杜鹃与夜莺》（"The Cuckoo and the Nightingale"）描写杜鹃（the Cuckoo）、夜莺（the Nightingale）、雏菊（daisy）、树林（the grove）、发芽的叶子（budding leaves）、鲜花（the fair fresh flowers）等自然风物[32]。这些诗歌虽然从整体来看不是以自然为题材，算不得完全意义上的自然诗，但是使用了一些笔墨描写自然景物，因而具有自然诗的某些色彩。

二、华兹华斯的百姓题材

加拿大批评家诺思洛普·弗莱（Northrop Frye, 1912-1991）在《批评的解剖》（*Anatomy of Criticism*）中根据行动而非道德标准把文学史上的主人公人物形象分为五个层次：一是神话人物，"在性质上超过凡人及凡人的环境"。二是传奇人物，"在程度上超过其他人和其他人所处的环境"，虽然其行动出类拔萃，但是仍旧归于人类。三是史诗或悲剧人物，或称高等模仿型人物，"在程度上虽比其他人优越，但并不超越他所处的自然环境，那么他便是人间的首领"。四是喜剧或是现实主义小说中的人物，又称低等模仿型人物，"既不优越于人，又不超越自己所处的环境"，是日常生活中的普通人物。五是反讥型人物，"论体力和智力都比我们低劣，使我们感到可以睥睨他们受奴役，他们便属于'讽刺'类的人物"，是低于普通人的人物[33]。根据弗莱的这一理论，华兹华斯诗歌中描写的主人公大多属于第四层次的普通人物。

2000，第108页；[英国]威廉·华兹华斯著，《华兹华斯抒情诗选》，黄杲炘译，西安：陕西师范大学出版社，2016，第97页。二曰《两度四月清晨》，详见：[英国]威廉·华兹华斯著，《华兹华斯叙事诗选》，秦立彦译，北京：人民文学出版社，2018，第179页。

31 *The Collected Poetry of William Wordsworth*, Ware: Wordsworth Editions Limited, 1994, pp.486-487.

32 *The Collected Poetry of William Wordsworth*, Ware: Wordsworth Editions Limited, 1994, pp.556-562.

33 弗莱在《批评的解剖》中收录了《历史批评：模式的理论》（"Historical Criticism: Theory of Modes"）、《伦理批评：象征理论》（"Ethical Criticism: Theory of Symbols"）、《原型批评：神话理论》（"Archetypal Criticism: Theory of Myths"）、《修辞批评：体裁理论》（"Rhetorical Criticism: Theory of Genres"）四篇论文（essays），他是在第一篇论文《历史批评：模式的理论》中讨论这五个层次主人公人物形象的，详见：[加拿大]诺思罗普·弗莱著，《批评的解剖》，陈慧、袁宪军、吴伟仁译，天津：百花文艺出版社，2006，第45-49页。

比华兹华斯略晚的德国哲学家弗里德里希·威廉·尼采（Friedrich Wilhelm Nietzsche, 1844-1900）对农民这样的普通人物高度肯定，是对华兹华斯的呼应，《苏鲁支语录》卷之四：

> 我觉得现今最好的，最可爱的，只有一健康底农夫，粗野，狡
> 猾，顽强，坚韧：如今这是最华贵底一种人。
>
> 农夫在现代是最优者；农人应该为主人[34]！

在谈到华兹华斯的文学题材的时候，梁实秋在《英国文学史》中写道："大部分是写人，而且不写贵人、名人，写的是平民、贫民。"[35]的确如此。美国哈佛大学教授欧文·白璧德在《卢梭与浪漫主义》中写道："整个卢梭主义运动都充满着对无知的赞美和对那些仍然享受着微不足道的优势者——野蛮人，农民，尤其是孩子——的赞美。"[36]华兹华斯是一个深受卢梭影响的人，他继承了卢梭赞美普通百姓的这一传统。为了得到合适的主题和诗歌语言，他把眼光从社会最上层阶级转向了最下层阶级，从贵族转向了农民。农民比贵族更充满诗情画意，因为他们更接近自然。他对农民的兴趣纯粹是因为农民自身的缘故，而不是因为他在农民身上看到了一种自然风景的光芒。他认为，人是万物之灵，《序曲》第八卷：

> ……这一切的
> 中央屹立着人类，无论审视
> 其肉体或灵魂，都是所有有形
> 生命的帝王——虽生自泥土，是蠕虫的
> 近亲；无论其知觉与辨别力都首屈
> 一指，是实在的本体，通过上天的
> 力与爱的作用，最能够达到
> 极至的欣悦，因为他比一切
> 已知物都更富有神格，又凭理性
> 与意志，承受依赖上帝的神圣[37]。

---

34 ［德国］尼采著，《苏鲁支语录》，徐梵澄译，北京：商务印书馆，1992，第246页。

35 梁实秋著，《英国文学史》（三）第十五章，北京：新星出版社，2011，第897页。

36 ［美国］欧文·白璧德著，《卢梭与浪漫主义》，孙宜学译，石家庄：河北教育出版社，2003，第32页。

37 第八卷《回溯：对大自然的爱引致对人的爱》第485-494行，［英国］威廉·华兹华斯著，《序曲》，丁宏为译，北京：中国对外翻译出版公司，1999，第220页。

他认为，包括百姓在内的一切卑微的事物都应得到尊重。《序曲》第十三卷：

> ……原先曾意识到，史学家的笔杆
>
> 乐于大肆标榜的东西——那脱离
>
> 道德意义的伟力与能量——本无甚
>
> 价值，并非高贵，于是早早
>
> 告诫，应以兄弟的情谊
>
> 看待卑微的事物，尊重这美好的
>
> 世界中它们那默默无闻的位置[38]。

安德鲁·桑德斯（Andrew Sanders）著《牛津简明英国文学史》（*The Short Oxford History of English Literature*）说没有人像他那样"如此有力地扩展了对乡下人相互之间关系的了解"[39]。

华兹华斯对百姓题材的喜爱同他对自然题材的偏好并不是相互矛盾的，原因有四个。

其一，他认为，自然和普通百姓是宇宙的组成部分，就连他本人也是"这群人中最卑微的一员"[40]。宇宙中的一切都是上帝的造化，没有高低贵贱之分，《序诗》：

> 太空诚然有辉煌巨星，诚然有
>
> 从苍穹绝顶吐射明辉的星座，
>
> 半个世界都望见它们的风姿，
>
> 半个天球都感受它们的光照；
>
> 但也有像爝火那样不大显眼的
>
> 在幽暗山冈上荧荧照射的孤星，
>
> 也有像寒灯那样闪烁不定的
>
> 在枯树枝桠间隐现的疏星点点；
>
> 和它们相比，那些辉煌巨星呵，

---

38 第十三卷《想象力与审美力，如何被削弱又复元——结尾》第 41-47 行，[英国]威廉·华兹华斯著，《序曲》，丁宏为译，北京：中国对外翻译出版公司，1999，第 328-329 页。

39 [英国]安德鲁·桑德斯著，《牛津简明英国文学史》（下），谷启楠、韩加明、高万隆译，北京：人民文学出版社，2000，第 522 页。

40 第十三卷《想象力与审美力，如何被削弱又复元——结尾》第 305 行，[英国]威廉·华兹华斯著，《序曲》，丁宏为译，北京：中国对外翻译出版公司，1999，第 338 页。

未必身份更尊贵，素质更纯洁；

全都是同一天父的永生的儿女[41]；

其二，他认为，普通百姓是生活于自然之中的，自然使他们变得神圣。他在《序曲》第十三卷中谈到普通百姓时写道：

我认为那些人不光具有优雅、

美妙的内在性情；我们若善于

观察，会发现无论生活环境

如何，大自然亦能使其怀抱中的

人们现出外表的神圣，向人世间

最卑贱的脸庞吹洒高贵与恢弘[42]。

其三，他对普通百姓的特殊感情是从对自然的热爱中派生出来的，《序曲》第八卷：

······而原野上那一处处平常的

所在，及其环抱中人类的平凡的

生计，虽都平淡无奇，却相得

益彰，在不知不觉中牢牢抓住

人的心灵。就具体而言，

当我最初扩展了对亲戚、朋友、

伙伴的情感，开始享受对人类

绝对原我的热爱，心中有明显的

亲善之情涌出，犹如滔滔

喷泉；我尤其倾心于那些由至上的

大自然亲自分派并且美饰的

职业与劳作，于是，羊倌们最先

成为我最喜欢的人[43]。

---

41 华兹华斯，《序诗》（1827年发表），［英国］华兹华斯著，《华兹华斯诗歌精选》，杨德豫译，太原：北岳文艺出版社，2000，第1页。

42 第十三卷《想象力与审美力，如何被削弱又复元——结尾》第281-286行，［英国］威廉·华兹华斯著，《序曲》，丁宏为译，北京：中国对外翻译出版公司，1999，第337页。

43 第八卷《回溯：对大自然的爱引致对人的爱》第116-128行，［英国］威廉·华兹华斯著，《序曲》，丁宏为译，北京：中国对外翻译出版公司，1999，第206页。

其四，他认为，自然和自然中的人同为诗歌创作的源泉。《序曲》第十三卷：

> ……大自然的
> 景物本身蕴含着感情，融入
> 她所责成人类创造的那些
> 作品，尽管它们微不足道，
> 绝无自身的崇高与大自然对应。
> 因此，我感到，诗人完全可以
> 在人间施展其创造的才能——只要
> 紧紧跟随大自然；创造力确实
> 依赖大自然中的人类，古时如此，
> 将来也不会改变[44]。

华兹华斯从小"同农家子弟为伍"[45]，培养了对百姓特殊的感情。他在《序曲》第三卷中写道：

> ……我离开这一切，
> 甘愿与那群不善思考的人们
> 交往，他们大方随和，悠然
> 自得，却也不乏情谊。当我们
> 无力深思远虑，忘记了充当
> 我们内在生命的智慧与誓约，
> 这友情尚可给生活添写欢笑[46]。

到 1796 年，他在妹妹多萝西的关照下基本度过了持续数年的精神危机，重新认识自然、心灵与社会，由热爱自然转向更加热爱人类。《序曲》第十二卷：

> 朋友！这部叙事诗着重讲述

---

44 第十三卷《想象力与审美力，如何被削弱又复元——结尾》第290-298行，［英国］威廉·华兹华斯著，《序曲》，丁宏为译，北京：中国对外翻译出版公司，1999，第337-338页。

45 王佐良、李赋宁、周珏良、刘承沛主编，《英国文学名篇选注》，北京：商务印书馆，1989，第662页。

46 第三卷《寄宿剑桥》第505-511行，［英国］威廉·华兹华斯著，《序曲》，丁宏为译，北京：中国对外翻译出版公司，1999，第72页。

> 精神的力量，为培植爱心，赈施
>
> 真理，并做理性不愿沾手之事——
>
> 对世间的人与事寄予温厚的信心，
>
> 播撒着眼于未来的同情与怜悯[47]。

他认为，那些腼腆、寡言、默思、柔顺的百姓身是最高贵的人，《序曲》第十三卷：

> ……在这朴实的
>
> 阶层中，还有一些更高贵的人们，
>
> 他们具有默思的性格，生来
>
> 腼腆，不善言辞与论争；柔顺的
>
> 人们，若让他们进行如此的
>
> 社会交流，多半会降低其人格，
>
> 因为他们所讲的是天上的语言，
>
> 代表最终的力量、思想、形象，
>
> 是无言的欢乐。话语在其灵魂中只起
>
> 次要的作用；当他们领悟力最强时，
>
> 并不用语言表达自我[48]。

他宣布，自己作为诗人的使命就是要歌唱自然中少言寡语、普扑通通百姓的心智与德行，《序曲》第十三卷：

> ……当时我说：
>
> "该审视社会大厦的基础，看一看
>
> 那些靠体力劳动为生的人们，
>
> 劳作之繁重大大超过其所能，
>
> 还要承受人类自我强加的
>
> 不公正，但他们拥有多少心智的
>
> 力量，多少真正的德行！"为做出

47 第十二卷《想象力与审美力，如何被削弱又复元》第44-48行，［英国］威廉·华兹华斯著，《序曲》，丁宏为译，北京：中国对外翻译出版公司，1999，第312-313页。

48 第十三卷《想象力与审美力，如何被削弱又复元——结尾》第265-275行，［英国］威廉·华兹华斯著，《序曲》，丁宏为译，北京：中国对外翻译出版公司，1999，第336-337页。

　　这一判断，我主要着眼于自然界的

　　人类群落，农民耕作的田野

　　（何必再寻他处？）；……[49]

　　《序曲》第九卷："最初朴的人才有最强的牺牲精神；／还有无私的爱、自制力以及正义感，／斗争越激烈，这些越显而易见。"[50]《序曲》第十三卷："我还从卑微无名者的／口中听到至理明言，那声音／恰似在允诺最高等级的美与善。"[51]

　　华兹华斯甚至认为，平凡的生活是文学兴趣的唯一主题。平凡的生活是关于平凡人即百姓的生活，百姓的酸甜苦辣也成了他描写的对象。《序曲》第八卷：

　　……激发我想象力的是我

　　常听常见的那些危险与悲苦的

　　景象，是人类在强大的自然外力

　　面前所经历的苦难；我自己也时常

　　遇到这样的险情，也常听到这些

　　传说——早先时候的灾害、危难

　　与奇妙的脱险，无论我漫游何方，

　　那岿然不动的磐石与逶迤不息的

　　河川都是它们的活的见证[52]。

　　他对百姓怀有特殊的情感，《序曲》第十三卷：

　　……我该在此

　　稍做停留，恭敬地屈身垂首——

　　向着大自然，向人类心灵的力量，

　　向那些在内部世界中保持着完整

---

49 第十三卷《想象力与审美力，如何被削弱又复元——结尾》第 94-103 行，［英国］威廉·华兹华斯著，《序曲》，丁宏为译，北京：中国对外翻译出版公司，1999，第 330-331 页。

50 第九卷《寄居法国》第 387-389 行，［英国］威廉·华兹华斯著，《序曲》，丁宏为译，北京：中国对外翻译出版公司，1999，第 246 页。

51 第十三卷《想象力与审美力，如何被削弱又复元——结尾》第 183-185 行，［英国］威廉·华兹华斯著，《序曲》，丁宏为译，北京：中国对外翻译出版公司，1999，第 333-334 页。

52 第八卷《回溯：对大自然的爱引致对人的爱》第 164-172 行，［英国］威廉·华兹华斯著，《序曲》，丁宏为译，北京：中国对外翻译出版公司，1999，第 208 页。

人性的人们。多常见，当他们的外表

浑身上下尽现粗鄙，内在的

圣仪却在进行，不像那鎏金

着彩的庙宇，却恰似一座座小小的

山区教堂，为里面纯朴的礼拜者

遮住风雨和骄阳。当时我说，

我将歌唱这些，若未来的岁月

能让我笔法成熟，我将写下

对这些的赞美，直截了当地以实质的

事物为题材；我将怀着真诚

与圣洁的热情说起这些，为的是

讨回公道，将恭敬还给理所

当然的对象——写下来，或许能以此

施教，去启发，向清白的听众倾注

欣悦、温慈与希望：人心是我

惟一的主题，它存在于与大自然相处的

人中那些最杰出者的胸膛，他们

并非没有高尚的宗教信仰，

并非都是书盲，虽读得不多，

却只读好书。从他们的内心，我可

择取悲伤或痛苦的亲情，但悲伤

成为乐事，痛苦也不会折磨

听众，因为悲痛中闪烁着光辉，

再现人类与人性的荣耀[53]。

对于受穷、受苦、受难的百姓，他在其诗歌中总是予以同情。张伯香在
《英国文学教程》（*A Course Book of English Literature*）中写道：

读到像《荆棘》《海员的母亲》《迈克儿》《玛格丽特的痛苦》和

《坎伯兰老乞丐》这样的诗歌的时候，我们发现自己也已陷于贫困、

---

53 第十三卷《想象力与审美力，如何被削弱又复元——结尾》第 223-250 行，［英国］
威廉·华兹华斯著，《序曲》，丁宏为译，北京：中国对外翻译出版公司，1999，第
335-336 页。

犯罪、疯狂、毁坏的纯真、孤独的阵痛甚至绝望的情感之中了[54]。

华兹华斯以百姓为题材的诗歌不少，可以列举出一大串。比如，《孤独的割麦女》（"The Solitary Reaper"）[55]描写一个孤独的山地少（solitary Highland Lass），她一边割麦子，一边唱歌曲，歌声动人，令人流连忘返，不欲离去[56]。《乔治和萨拉·格林》（"George and Sarah Green"）描写乡民夫妇乔治·格林（George Green）、萨拉·格林（Sarah Green），他们在一个狂风暴雨之夜的归途中，由于看不清道路而双双遇难，遭遇十分悲惨。《西蒙·李》（"Simon Lee"）[57]描写一个老猎人西蒙·李（Simon Lee），他矮小佝偻，残疾多病，贫穷潦倒，

---

54 *A Course Book of English Literature* (II), compiled by Zhang Boxiang and Ma Jianjun, Wuchang: Wuhan University Press, 1998, p.165.

55 "The Solitary Reaper"：目前所见，汉译有七。一曰《孤独的割禾女》，详见：［英国］华兹华斯著，《湖畔诗魂——华兹华斯诗选》，杨德豫译，北京：人民文学出版社，1990，第 193 页。二曰《孤独的割禾姑娘》，详见：［英国］多人，《英国历代诗歌选》上册，屠岸选译，南京：译林出版社 2007 年版，第 320 页。三曰《孤独的割麦女》，［英国］华兹华斯著，《华兹华斯抒情诗选》，杨德豫译，长沙：湖南文艺出版社，1996，第 165 页；［英国］华兹华斯著，《华兹华斯诗歌精选》，杨德豫译，太原：北岳文艺出版社，2010，第 166 页；［英国］威廉·华兹华斯著，胡进之主编，《华兹华斯诗集》，乌鲁木齐：伊犁人民出版社，2011，第 189 页；［英国］华兹华斯、柯尔律治著，《华兹华斯、柯尔律治诗选》，北京：人民文学出版社，2001，第 171 页；［英国］华兹华斯著，《华兹华斯诗歌精选》，杨德豫译，太原：北岳文艺出版社，2000，第 164 页。四曰《孤独割麦女》，详见：［英国］华兹华斯著，《华兹华斯诗选》，杨德豫译，桂林：广西师范大学出版社，2009，第 165 页；［英国］华兹华斯著，《华兹华斯诗选》（英汉对照），杨德豫译，北京：外语教学与研究出版社，2012，第 187 页。五曰《孤独的刈者》，详见：梁实秋著，《英国文学史》（三），北京：新星出版社，2011，第 915 页。六曰《孤独的收割女》，详见：丁宏为，《译者序》，［英国］威廉·华兹华斯著，《序曲》，丁宏为译，北京：中国对外翻译出版公司，1999，第 VII 页。七曰《孤独的收割人》，详见：［英国］威廉·华兹华斯著，《华兹华斯抒情诗选》，黄杲炘译，西安：陕西师范大学出版社，2016，第 225 页。

56 *The Collected Poetry of William Wordsworth*, Ware: Wordsworth Editions Limited, 1994, p.289.

57 "Simon Lee"：目前所见，汉译有四。一曰《管猎犬的老西蒙·李》，可能是缘于这首诗歌有一个题注是 "The Old Hunter" 之故，详见：［英国］华兹华斯著，《华兹华斯抒情诗选》，黄杲炘译，上海：上海译文出版社，2000，第 44 页；［英国］威廉·华兹华斯著，《华兹华斯抒情诗选》，黄杲炘译，西安：陕西师范大学出版社，2016，第 44 页。二曰《老猎人西蒙·李》，详见：侯维瑞主编，《英国文学通史》，上海：上海外语教育出版社，1999，第 345 页；［英国］威廉·华兹华斯著，《华兹华斯叙事诗选》，秦立彦译，北京：人民文学出版社，2018，第 107 页。三曰《西门·李》，详见：王佐良著，《英国诗史》，南京：译林出版社，1997，第 235

无儿无女，唯有老妻相伴[58]。《坎伯兰的老乞丐》（"The Old Cumberland Beggar"）[59]描写一个老乞丐（an aged Beggar），他体弱多病，常年以乞讨为生[60]。《蒂尔斯伯里谷的农夫》（"The Farmer of Tilsbury Vale"）描写一个蒂尔斯伯里谷的农夫老亚当（old Adam），在平淡中走完了人生的道路[61]。《两个小偷》（"The Two Thieves"）描写老丹尼（Old Daniel）和他孙子（his Grandson）小丹尼两人，爷孙俩共同耍把戏、小偷小摸（both go a-pilfering together），得到周围人的同情与谅解[62]。《温德米尔湖边的孀妇》（"The Widow on Windermere Side"）描写一个温德米尔湖边的寡妇（a Widow），她为了偿还债务而终日劳累，以泪洗面，更为悲惨的是，她的子女一个个死去，留下了她孤身一人在世[63]，凄惨异常。例子很多，不胜枚举。

华兹华斯短诗中关于人类生活的部分所描写的对象，一般都是百姓。《毁掉的小屋》（"The Ruined Cottage"）中的老头子、老妇人，《最后一头羊》（"The Last of the Flock"）中的大汉（a healthy man, a man full grown）[64]，《鹿跳泉》中的家丁（a vassal）、白发苍苍的牧人（the grey-headed shepherd）[65]，《山楂树》中穿着猩红大氅的妇女（a Woman），《橡树与金雀花》中的安德鲁

页。四曰《老猎手李西蒙》，详见：［英国］弗·特·帕尔格雷夫原编，罗义蕴、曹明伦、陈朴编注，《英诗金库》，成都：四川人民出版社，1987，第542页。

58　*The Collected Poetry of William Wordsworth*, Ware: Wordsworth Editions Limited, 1994, pp.483-484.

59　"The Old Cumberland Beggar"：目前所见，汉译有二。一曰《坎伯兰的老乞丐》，详见：［英国］威廉·华兹华斯著，《华兹华斯叙事诗选》，秦立彦译，北京：人民文学出版社，2018，第48页；［英国］威廉·华兹华斯著，《华兹华斯抒情诗选》，黄杲炘译，西安：陕西师范大学出版社，2016，第15页；［英国］华兹华斯著，《华兹华斯抒情诗选》，黄杲炘译，上海：上海译文出版社，2000，第12页。二曰《康伯兰的老乞丐》，详见：丁宏为，《译者序》，［英国］威廉·华兹华斯著，《序曲》，丁宏为译，北京：中国对外翻译出版公司，1999，第 VII 页。

60　*The Collected Poetry of William Wordsworth*, Ware: Wordsworth Editions Limited, 1994, pp.566-569.

61　*The Collected Poetry of William Wordsworth*, Ware: Wordsworth Editions Limited, 1994, pp.569-570.

62　*The Collected Poetry of William Wordsworth*, Ware: Wordsworth Editions Limited, 1994, pp.571-572.

63　*The Collected Poetry of William Wordsworth*, Ware: Wordsworth Editions Limited, 1994, pp.138-139.

64　*The Collected Poetry of William Wordsworth*, Ware: Wordsworth Editions Limited, 1994, pp.114-116.

65　*The Collected Poetry of William Wordsworth*, Ware: Wordsworth Editions Limited, 1994, pp.200-202.

（Andrew）[66]，《迈克尔》（"Michael"）中的牧羊人迈克尔（Michael）[67]，《阳春 3 月作》（"Written in March"）中的老年人（the oldest）、青年人（the youngest）、强壮的人（the strongest）、耕夫（the Ploughboy），《布莱克大娘和哈里·吉尔》中的又老又穷的布莱克大娘、一年四季常年牙齿打战的哈里·吉尔，《她眼神狂乱》中的疯子母亲，《宝贝羊羔》（"The Pet-lamb"）中的小姑娘（a Maiden），《无题（她住在达夫河源头近旁）》（"Untitled: She dwelt among the untrodden ways"）中的小姑娘（a Maid），《致山地少女》（"To a Highland Girl"）中的甜甜的山地少女（Sweet Highland Girl）[68]，《傻小子》（"The Idiot Boy"）中长期居家操持的贝蒂（Betty）、常年在森林伐木的贝蒂的丈夫、贝蒂的邻居老苏珊（Old Susan）[69]，《彼得·贝尔》（"Peter Bell"）中长期漂泊在外、流浪四方的彼得·贝尔（Peter Bell）[70]，全是百姓。

　　同早期诗集《素描》和《黄昏散步》相比不同的是，华兹华斯在《抒情歌谣集》（Lyrical Ballads）中，"不仅对普通意义上的穷人，而且对特别和戏剧化意义上的穷人有着强烈的同情"[71]。

　　在华兹华斯的诗歌中，作为人的代表的普通百姓同自然水乳交融、相得益彰。《序曲》第八卷：

> ……而原野上那一处处平常的
> 所在，及其环抱中人类的平凡的
> 生计，虽都平淡无奇，却相得
> 益彰，在不知不觉中牢牢抓住
> 人的心灵[72]。

---

66 *The Collected Poetry of William Wordsworth*, Ware: Wordsworth Editions Limited, 1994, pp.155-157.

67 *The Collected Poetry of William Wordsworth*, Ware: Wordsworth Editions Limited, 1994, pp.121-137.

68 *The Collected Poetry of William Wordsworth*, Ware: Wordsworth Editions Limited, 1994, pp.287-288.

69 *The Collected Poetry of William Wordsworth*, Ware: Wordsworth Editions Limited, 1994, pp.126-131.

70 *The Collected Poetry of William Wordsworth*, Ware: Wordsworth Editions Limited, 1994, pp.236-249.

71 *A Course Book of English Literature* (II), compiled by Zhang Boxiang and Ma Jianjun, Wuchang: Wuhan University Press, 1998, p.163.

72 第八卷《回溯：对大自然的爱引致对人的爱》第 116-120 行，［英国］威廉·华兹华斯著，《序曲》，丁宏为译，北京：中国对外翻译出版公司，1999，第 206 页。

浪漫主义的整体主义（Holism）思想观认为，普通人身上具有整个文化宇宙，在与自然和上帝的有机统一中自由地创造自己的存在。在华兹华斯的诗歌中，普通百姓就像自然一样的质朴，他们是自然、精神、心智三者的统一，具有恒久的意义。《序曲》第八卷：

> ……这幽谷有着宽广的胸怀，
> 四周的景物宏大而壮观，拥抱着
> 这里的乡亲。他们在如茵的草地上
> 移动：多么渺小——他们与他们的
> 所为，还有他们所能促成
> 或阻碍的一切！——绝对的弱小，如娇婴
> 让人怜悯；但又多么伟大！
> 因为一切都服侍着他们：安恬的
> 山岩上闪耀的晨曦向他们投来
> 慈爱；山岩也充满爱意，从高处
> 俯首关怀；还有静憩的白云、
> 隐蔽处那些山溪的绵绵不绝的
> 交谈，以及海尔芙琳——虽苍老，
> 却倾听着这歌声唤醒静默的乡邻[73]。

这里描写的是英国湖区山野海尔芙琳（Helvellyn）人民的生活。生活在这里的是农、牧民，是普通的百姓。他们已成了自然的组成部分，既渺小又伟大，是自然、精神、心智三者的统一，他们是永恒的。他们所具有的永恒性同现实社会中复杂、多欲、堕落、败坏的人形成了强烈的对照，这有助于理解甚至消解现实社会中诸多的丑恶现象。

在华兹华斯的诗歌中，百姓像自然一样的质朴，他们的生活是非常普通的。《序曲》第八卷：

> ……羊倌们最先
> 成为我喜欢的人。但并非那些
> 在拉丁姆的荒野中由农神统管的牧人：
> 他们的生活充盈着艺术与法律的

---

73 第八卷《回溯：对大自然的爱引致对人的爱》第56-69行，［英国］威廉·华兹华斯著，《序曲》，丁宏为译，北京：中国对外翻译出版公司，1999，第204页。

气质，将黄金时代的辉煌传统

留给后人，在今日这忙碌的世界中

仍流传；并非希腊诗歌中所赞美的

人们：他们隐居在阿卡迪亚的

山寨，世代传递着幸福与满足；

不是那群朝中的人们：厄运

使他们离开宫廷或家园，又被

莎士比亚的天才送入荒芜

人烟的阿尔丁森林，在阳光下或浓荫中，

采撷着漫长的时间中结出的佳果，

最后引出菲苾与假甘尼米的

爱慕；也与费罗利泽与潘狄塔

无关，虽然他们以欢宴之王

和王后的身份共舞同欢；更不是

斯宾塞美化的羊倌[74]。

在普通百姓的身上，能够找到普遍的人性，《序曲》第八卷：

……就这样，人的外表在我的

眼前现出高贵；就这样，我的

心灵早早体验到对人性的无意识的

热爱与尊拜；于是，对我来说，

人的身形成为标志，标示出

欢乐、美德与荣誉、力量与价值。

然而，虽然这人物很像书中

那些脱俗的仙魂，而且比他们

更高尚，虽然他的身形近似

想象中的形象，远胜过树丛中那快活的

科林——尽管他活着就是为放纵

幻念，或不停地与大家拉手欢舞，

菲莉斯也在其中，但是，这牧人

---

74 第八卷《回溯：对大自然的爱引致对人的爱》第 127-145 行，［英国］威廉·华兹华斯著，《序曲》，丁宏为译，北京：中国对外翻译出版公司，1999，第 206-207 页。

生来就是平民百姓中普通的

一员：为人之夫、之父；有见识，能给予

教诲与劝戒；也与他人一样，

具有自身的邪念与愚蠢、卑劣

与懦弱[75]。

华兹华斯认为，人是自然的代言人，但心灵比自然和世事更美妙、更神圣。《序曲》第十四卷：

……人类的心灵

能比其居住的大地美妙一千倍，

以高卓的美超拔于世事的体系（无论

人们出于希望或忧虑而进行了

多少次革命，它仍未改变），因为，

其本身具有更美妙的材质与织体[76]。

华兹华斯将普通百姓作为文学创作重要的题材是有深层的文化内涵的。

第一，在华兹华斯生活的 18 至 19 世纪，英国已进入资本主义社会的壮年期，中世纪神统治人的黑暗现实早已成为过去，神权对人权的束缚已经一扫而光、荡然无存了。文艺复兴开启了人道主义思潮的洪流，从神和上帝那里找回了人性、人格和人的尊严，把人推向了一个前所未有的高度。俄罗斯现代著名的浪漫主义研究专家尼古拉·亚历山大罗维奇·古利亚耶夫（Н·А·Гуляве，1914-1986）指出："浪漫主义不是别的，而是一种明确的世界观，是以人道主义为基础的生活概念。"[77]华兹华斯对普通人物着力进行描写，歌颂他们身上所保留下来的诸多淳朴、天然的特质，反映了他一定的民主和人道主义思想。

第二，华兹华斯作品中的普通百姓特别是"劳动人民常常具有吃苦耐劳、忍辱负重的性格，能在痛苦中寻找安慰，在平淡中寻找欢乐"[78]，富有一定的基督徒精神风貌。比如，《孤独的割麦女》中的割麦女，《西蒙·李》中的西蒙·李，

---

75 第八卷《回溯：对大自然的爱引致对人的爱》第 275-292 行，［英国］威廉·华兹华斯著，《序曲》，丁宏为译，北京：中国对外翻译出版公司，1999，第 212 页。

76 第十四卷《结尾》第 451-456 行，［英国］威廉·华兹华斯著，《序曲》，丁宏为译，北京：中国对外翻译出版公司，1999，第 361-362 页。

77 转引自：朱达秋，《浪漫主义的整体主义思想及其对 19 世纪上半叶俄罗斯美学思想的影响》，《四川外语学院学报》2004 年第 3 期，第 7 页。

78 屠岸、章燕，《自然与人生——序〈湖畔诗魂〉》，［英国］华兹华斯著，《湖畔诗魂——华兹华斯诗选》，杨德豫译，北京：人民文学出版社，1990，第 10 页。

《彼得·贝尔》中的彼得·贝尔,《露西·格瑞》中的露西·格瑞,《鲁斯》中的鲁斯,《傻小子》中的乔尼,尤其是小姑娘鲁斯、小伙子乔尼,尽管处境苦痛,总是乐呵呵的,似乎并无忧愁。

第三,华兹华斯作品中的普通百姓人员复杂,不仅有农民,而且还有猎人、牧民、雇工、士兵、破落户、流浪汉、小偷、乞丐,其中,牧民、猎人所占的比例较大。比如,《懒散的牧童》中的牧童是放羊人,《西蒙·李》中的西蒙·李是猎手,《迈克尔》中的迈克尔是猎人,《宝贝羊羔》中的小姑娘是牧羊人,《最后一头羊》中的大汉靠养羊维持全家生计,像是牧羊人,《鹿跳泉》中的沃尔特狩猎公鹿,带有猎人色彩。华兹华斯作品中之所以有如此多的牧民、猎人出现,这是因为在英国的传统文化中,除农业文明之外,畜牧业文明也占据了一定的地位,牧民、猎人是他所生活时代普遍存在的社会阶层。

第四,华兹华斯作品中的普通百姓多为诗人外之其他人,比如,《序曲》第四卷中的房东老太太、退役士兵,《坎伯兰的老乞丐》中的老乞丐,《两个小偷》中的老丹尼、小丹尼,《傻小子》中的苏珊·吉尔,《彼得·贝尔》中的彼得·贝尔,这说明华兹华斯已具备了一定的民主与人文主义思想。他在诗歌中以百姓尤其是遭受贫穷与苦难的百姓为题材,反映了百姓生活的贫困与悲凉,表达了同情受苦人民的人道主义精神。

第五,华兹华斯的作品中的百姓因置身于自然而使自然具有灵性。人的心灵比自然和世事更美妙、更神圣,《序曲》第十四卷:

> ……人类的心灵
>
> 能比其居住的大地美妙一千倍,
>
> 以高卓的美超拔于世事的体系(无论
>
> 人们出于希望或忧虑而进行了
>
> 多少次革命,它仍未改变),因为,
>
> 其本身具有更神妙的材质与织体[79]。

张伯香认为:"最为确信的是,《迈克尔》揭示了华兹华斯对'人类、人类内心和人类生活'思索的严肃细微的尊严。""《孤独的割麦女》和《致山地少女》使用乡村人物表明了抑郁之人性和它灿烂之美永恒的神秘感。"[80]《坎伯

---

79 第十四卷《结尾》第 451-456 行,[英国] 威廉·华兹华斯著,《序曲》,丁宏为译,北京:中国对外翻译出版公司,1999,第 361-362 页。

80 *A Course Book of English Literature* (II), compiled by Zhang Boxiang and Ma Jianjun, Wuchang: Wuhan University Press, 1998, p.166.

兰的老乞丐》中的老头生活"在自然的眼眸之中"[81]，他在小乡村区所引发的仁慈和独特的自我是宝贵的。在《毁掉的小屋》中，不幸的妻子在整个人生之旅的瓦解中走向死亡，这使读者对于同存在的永恒真理融为一体的人产生深切宁静的同情。这说明，华兹华斯已具备了一定的基督教人道主义精神。

第六，华兹华斯对百姓题材的偏爱体现了浪漫主义怜悯的道德理想。怜悯是浪漫主义的一种道德理想。英国浪漫主义的先驱威廉·布莱克（William Blake, 1757-1827）在一首诗中写道：

> 谁伤害了一只小鹪鹩，
>
> 将永远得不到男人的爱。
>
> 谁惹怒了一头公牛，
>
> 将永远得不到女人的爱。
>
> 不要伤害蛾或蝴蝶，
>
> 因为最后的审判即将来临[82]。

法国浪漫主义运动领导人维克多·雨果（Victor Hugo, 1802-1885）认为，怜悯是至高无上的。他在《历代传说》（*La Légende des Siècles*）中说，一头闪在一旁以免踩死一只癞蛤蟆的驴子比苏格拉底更高贵，比柏拉图更伟大。华兹华斯对百姓题材的偏爱正好体现了这种道德理想。

三、华兹华斯的儿童题材

原始主义者认为，儿童身上自发涌现出来的一切都优越于成年人处心积虑的道德努力。比利时诗人、剧作家、散文家莫里斯·波利多尔·马里·贝尔纳·梅特林克（Mooris Polidore Marie Bernhard Maeterlinck, 1862-1949）认为，所有的民间传说都比不过行走中的儿童无意识中表现出的智慧。德国浪漫主义诗人格奥尔格·菲利普·弗里德里希·弗莱赫尔·冯·哈登贝格（Georg Philipp Friedrich Freiherr von Hardenberg, 1772-1801）[83]认为，儿童无论出现在哪里，哪里就成为一个金色的时代。英国诗人约翰·弥尔顿（John Milton, 1608-

---

81 *A Course Book of English Literature* (II), compiled by Zhang Boxiang and Ma Jianjun, Wuchang: Wuhan University Press, 1998, p.166.

82 ［美国］欧文·白璧德著《卢梭与浪漫主义》，孙宜学译，石家庄：河北教育出版社 2003 年版，第 117-118 页。

83 格奥尔格·菲利普·弗里德里希·弗莱赫尔·冯·哈登贝格：这是本名。笔名系"诺瓦利斯"（Novalis），1798 年出版《花粉》时首用。

1674）认为，儿童引导成人，就像晨光引导白昼[84]。浪漫主义诗人华兹华斯认为，生活在自然中的人，尤其是儿童，"能映照出自然中最美最有趣的东西"[85]。根据欧文·白璧德《卢梭与浪漫主义》记载，华兹华斯曾经称赞一个六岁的儿童说："万能的预言家！得到神祝福的观察者。"[86]华兹华斯对儿童的看法在其诗作《无题（我一见彩虹高悬天上)》中可见一斑：

> 我一见彩虹高悬天上，
>
> 　心儿便欢跳不止：
>
> 从前小时候就是这样；
>
> 以后我老了也要这样，
>
> 　否则，不如死！
>
> 儿童乃是成人的父亲；
>
> 我可以指望：我一世光阴
>
> 自始至终贯穿着天然的孝敬[87]。

华兹华斯首先描述举头望见天上彩虹时的狂喜之情，接着追述从儿童时即拥有如此情怀，成年后依然如此，发誓将来进入老年后依然要保留这样的情怀，不如此，勿宁死，何其虔诚，何其坚决。何至于此？最后给出了答案，其中，最关键的是"儿童乃是成人的父亲"，意即"成年人要始终保持对儿童、对童心的虔敬"[88]，这便是画龙点睛之笔了。"儿童乃是成人的父亲"这一诗句流传较广，影响较大。比如，1960 年，美国堪萨斯州林兹伯里学院伯大尼学

---

84 儿童引导成人，就像晨光引导白昼：语出约翰·弥尔顿《复乐园》第 4 卷第 220-221 行，原文是："Teaching not taught; the childhood shows the man, / As morning shows the day." 详见：Lines 220-221, Book 4, John Milton, Paradise Regained, Samson Agonistes and Complete Shorter Poems, edited by William Kerrigan, John Rumrich, and Stephen M. Fallon, New York: Random House, Inc., 2012.或译作："那时你是施教，而不是受教；/是孩子指导大人，好像清晨指导白昼。"详见：［英国］弥尔顿著，《复乐园》，朱维之译，上海：新文艺出版社，1957，第 89 页。

85 转引自：《欧美古典作家论现实主义和浪漫主义》（二），北京：中国社会科学出版社，1981，第 265 页。

86 ［美国］欧文·白璧德著，《卢梭与浪漫主义》，孙宜学译，石家庄：河北教育出版社，2003，第 33 页。

87 华兹华斯，《无题：我一见彩虹高悬天上》（1802 年 3 月 26 日），［英国］华兹华斯著，《华兹华斯诗歌精选》，杨德豫译，太原：北岳文艺出版社，2000，第 2 页。

88 华兹华斯，《无题：我一见彩虹高悬天上》（1802 年 3 月 26 日），［英国］华兹华斯著，《华兹华斯诗歌精选》，杨德豫译，太原：北岳文艺出版社，2000，第 2 页脚注 2。

院（Bethany College）英文教师沃伦·克利维尔（Warren Kliewer）在华盛顿的欧米茄图书出版社（Omega Books）出版了一本诗歌集《红色玫瑰与灰色大兜帽》（*Red Rose and Gray Cowl*），里面的诗歌分成了三个部分，其中，第一个部分就是《儿童乃是成人的父亲》（"THE CHILD IS FATHER OF THE MAN"[89]），显然是借用了华兹华斯的诗句。

《写给父亲们的一件小事》（"Anecdote for Fathers"）可谓《无题（我一见彩虹高悬天上）》之呼应。这首诗作描写一个名为爱德华（Edward）的男孩，年仅五岁，容貌可爱，从他身上可以学到很多东西：

> 最亲爱的孩子！从你那里，
> 我学到的实在太多，太多，
> 哪怕能教给别人其中的点滴，
> 我又何须变得更渊博[90]。

更能够体现华兹华斯儿童观的是其诗作《永生的信息》（"Ode: Intimations of Immortality from Recollections of Early Childhood"）。这首诗作把《无题（我一见彩虹高悬天上）》末三行诗句"儿童乃是成人的父亲；／我可以指望：我一世光阴／自始至终贯穿着天然的孝敬"完整析出，拿来放在诗首作为导入，引出全诗对儿童的议论。全诗由十一部分构成，篇幅较长，这里仅摘引第十部分后十行：

> 尽管谁也休想再觅回
> 鲜花往昔的荣光，绿草昔年的明媚；
> 我们却无需悲痛，往昔的影响
> 仍有留存，要从中汲取力量；
> 留存于早岁萌生的同情心——
> 它既已萌生，便永难消泯；
> 留存于抚慰心灵的思想——
> 它源于人类的苦难创伤；
> 留存于洞察死生的信念——
> 它来自富于哲理启示的童年[91]。

89　Warren Kliewer, Red Rose and Gray Cowl, Washington: Omega Books, 1960, p.9.

90　［英国］威廉·华兹华斯著，《华兹华斯叙事诗选》，秦立彦译，北京：人民文学出版社，2018，第102页。

91　［英国］华兹华斯著，《华兹华斯诗歌精选》，杨德豫译，太原：北岳文艺出版社，2010，第251页。

华兹华斯诗歌翻译家杨德豫将《永生的信息》的主要观点概括为：

人的灵魂来自永生的世界（即天国）；童年离出生时间较近，离永生世界也较近，因而能够时时在自然界看到、感受到天国的荣光；以后渐渐长大，与尘世的接触渐渐增多，这种荣光便渐渐消失；但是无需悲观，因为永生世界的影响仍有留存，童年往事往往还可以通过回忆而再现，只要善于从中汲取力量，并亲近自然，接受自然的陶冶，便依然可以感受到永生的信息，依然可以望见永生之海[92]。

从这里可以看出，华兹华斯对儿童的评价极高。如此说来，他把儿童作为文学创作的重要题材也就顺理成章了。

华兹华斯有相当数量的作品都是以儿童为题材的。比如，《露西·格瑞》（"Lucy Gray"）写露西·格瑞（Lucy Gray），住在辽阔的荒地，没有同伴，没有朋友，在一个夜晚提灯笼进城，不幸路上遭遇大风暴，在冰天雪地的河滨失踪[93]。《无题（她住在达夫河源头近旁）》（"Untitled: She dwelt among the untrodden ways"）写露西（Lucy）住在乡下达夫河源头近旁，默默无闻，活着无人留意，死去少人知晓[94]。《无题（三年里晴晴雨雨，她长大）》（"Untitled: Three years she grew in sun and shower"）写少女露西（Lucy）亭亭玉立，形影优美，在走完人生旅程后留下一片荒原、一片沉寂，对往事旧情的回忆永远不再[95]。《苏珊的梦幻》（"The Reverie of Poor Susan"）[96]写少女苏珊（Susan）生长在乡下，住在牧场的茅屋，终日劳作，家庭贫寒[97]。《远见》（"Foresight"）写查理（Charles）、安妮妹妹（Sister Anne）在美丽的原野采花、游玩，十分快乐[98]。《我们是七个》

92 ［英国］华兹华斯著，《华兹华斯诗选》（英汉对照），杨德豫译，北京：外语教学与研究出版社，2012，第 256-257 页脚注。

93 *The Collected Poetry of William Wordsworth*, Ware: Wordsworth Editions Limited, 1994, pp.82-83.

94 *The Collected Poetry of William Wordsworth*, Ware: Wordsworth Editions Limited, 1994, p.109.

95 *The Collected Poetry of William Wordsworth*, Ware: Wordsworth Editions Limited, 1994, p.187.

96 "The Reverie of Poor Susan"：或译《可怜的苏珊在梦想》，详见：［英国］华兹华斯著，《华兹华斯抒情诗选》，黄杲炘译，上海：上海译文出版社，2000，第 8 页。

97 *The Collected Poetry of William Wordsworth*, Ware: Wordsworth Editions Limited, 1994, pp.187-188.

98 *The Collected Poetry of William Wordsworth*, Ware: Wordsworth Editions Limited, 1994, pp.79-80.

（"We Are Seven"）[99]写一个天真、淳朴的乡村小姑娘（a little cottage Girl），始终把死去的哥哥、姐姐计算在内，坚持说自己的兄弟姐妹有七人。《宝贝羊羔》（"The Pet Lamb"）写小姑娘（a Maiden）巴巴拉·柳穗（Barbara Lewthwaite）精心照料迷途的羊羔，无微不至[100]。《路易莎》（"Louisa"）写在林阴里遇到少女路易莎（Louisa），她看起来像仙女，轻盈矫健，美丽可爱[101]。《写给父亲们的一件小事》写一个五岁的男孩爱德华，面容漂亮、新鲜，肢体优美可爱[102]。《阿丽斯·费尔》（"Alice Fell"）[103]写孤女阿丽斯·费尔（Alice Fell）因失去

99　"We Are Seven"：目前所见，汉译有五。一曰《我们是七个》，详见：〔苏联〕阿尼克斯特著，《英国文学史纲》，戴镏龄、吴志谦、桂诗春、蔡文显、周其勋、汪梧封译，北京：人民文学出版社，1959，第287页；侯维瑞主编，《英国文学通史》，上海：上海外语教育出版社，1999，第345页；〔英国〕多人，《英国历代诗歌选》上册，屠岸选译，南京：译林出版社2007年版，第297页；〔英国〕华兹华斯著，《湖畔诗魂——华兹华斯诗选》，杨德豫译，北京：人民文学出版社，1990，第16页；〔英国〕华兹华斯著，《华兹华斯诗歌精选》，杨德豫译，太原：北岳文艺出版社，2010，第16页；〔英国〕华兹华斯著，《华兹华斯诗歌精选》，杨德豫译，太原：北岳文艺出版社，2000，第13页；〔英国〕华兹华斯著，《华兹华斯诗选》（英汉对照），杨德豫译，北京：外语教学与研究出版社，2012，第19页；〔英国〕威廉·华兹华斯著，胡进之主编，《华兹华斯诗集》，乌鲁木齐：伊犁人民出版社，2011，第17页；〔英国〕华兹华斯、柯尔律治著，《华兹华斯、柯尔律治诗选》，北京：人民文学出版社，2001，第18页；〔英国〕华兹华斯著，《华兹华斯抒情诗选》，杨德豫译，长沙：湖南文艺出版社，1996，第19页；〔英国〕华兹华斯著，《华兹华斯诗选》，杨德豫译，桂林：广西师范大学出版社，2009，第13页；〔英国〕威廉·华兹华斯著，《华兹华斯叙事诗选》，秦立彦译，北京：人民文学出版社，2018，第13页。二曰《我们七个》，详见：〔英国〕王佐良、李赋宁、周珏良、刘承沛主编，《英国文学名篇选注》，北京：商务印书馆，1983，第662页。三曰《我们共七个》，详见：郑克鲁、蒋承勇主编，《外国文学史》（第三版）上，北京：高等教育出版社，2015，第182页。四曰《我们七兄妹》，详见：〔英国〕安德鲁·桑德斯著，《牛津简明英国文学史》（下），谷启楠、韩加明、高万隆译，北京：人民文学出版社，2000，第528页。五曰《七姐妹》，详见：〔英国〕华兹华斯著，《华兹华斯抒情诗选》，黄杲炘译，上海：上海译文出版社，2000，第148页。

100 *The Collected Poetry of William Wordsworth*, Ware: Wordsworth Editions Limited, 1994, p.82.

101 *The Collected Poetry of William Wordsworth*, Ware: Wordsworth Editions Limited, 1994, pp.108-109.

102 *The Collected Poetry of William Wordsworth*, Ware: Wordsworth Editions Limited, 1994, pp.85-86.

103 "Alice Fell"：目前所见，汉译有二。一曰《阿丽斯·费尔》，详见：〔英国〕华兹华斯著，《湖畔诗魂——华兹华斯诗选》，杨德豫译，北京：人民文学出版社，1990，第8页。二曰《爱丽丝·菲尔》，详见：〔英国〕威廉·华兹华斯著，《华兹华斯叙事诗选》，秦立彦译，北京：人民文学出版社，2018，第301页。

斗篷而一路涕泪涟涟，莫之能止，"我"在客栈给她买了一件新斗篷，她第二天满心欢喜，洋洋自得[104]。《鲁斯》（"Ruth"）写小女孩鲁斯（Ruth）因父亲续弦而不受待见，孤孤单单，于是在高山低谷游来荡去，自由，冒失，大胆，长大后与一个小伙子恋爱，却遭小伙子遗弃[105]。《傻小子》（"The Idiot Boy"）[106]写一个智力不高的男孩乔尼（Johnny）骑马走出村庄，到镇上为邻居老苏珊请医生治病，彻夜不归，杳无音信，他母亲贝蒂忐忑不安，四处找寻[107]。《懒散的牧童》（"The Idle Shepherd-boys"）中的牧童（the idle Shepherd-boys）放牧懒散，造成羊羔落水[108]。这些都是儿童题材的诗歌。

华兹华斯还有一些作品虽然不是完全意义上的以儿童为题材，但是也出现了儿童形象，比如，《麻雀窝》（"The Sparrow's Nest"）以麻雀窝为题材，但是写到了艾米妹妹（Sister Emmeline）[109]。

华兹华斯在作品中高度关注艰难困苦境况中的儿童，对他们寄寓了极大的同情，《阿丽斯·费尔》《露西·格瑞》《鲁斯》《傻小子》就很能说明问题。陈嘉在《英国文学史》（*A History of English Literature*）中剖析说：

> 华兹华斯也带着很大的同情来描写那些遭受贫困和苦难的小孩子。《阿丽斯·费尔》讲述了一个极度贫困、无助的孤儿，她饱经风霜的斗篷卷入驿马车的轴辐，斗篷是她在这个诺大世界中唯一的财产，于是放声痛哭。《露西·格瑞》描绘了一幅更为生动的小孩子的画面，她在一个暴风雨之夜迷失道路，从此再也没有把她找到。然而，诗人却编织了一个奇怪的传说，他心怀希望地认为，"可能还看得见这个孤独的孩子出没在幽静的荒原"，唱着"一支歌，寂寞

---

104 *The Collected Poetry of William Wordsworth*, Ware: Wordsworth Editions Limited, 1994, pp.87-88.

105 *The Collected Poetry of William Wordsworth*, Ware: Wordsworth Editions Limited, 1994, pp.192-195.

106 "The Idiot Boy"：目前所见，汉译有二。一曰《傻小子》，详见：［英国］华兹华斯著，《湖畔诗魂——华兹华斯诗选》，杨德豫译，北京：人民文学出版社，1990，第 42 页。二曰《痴孩子》，详见：［英国］威廉·华兹华斯著，《华兹华斯叙事诗选》，秦立彦译，北京：人民文学出版社，2018，第 73 页。

107 *The Collected Poetry of William Wordsworth*, Ware: Wordsworth Editions Limited, 1994, pp.126-131.

108 *The Collected Poetry of William Wordsworth*, Ware: Wordsworth Editions Limited, 1994, pp.84-85.

109 *The Collected Poetry of William Wordsworth*, Ware: Wordsworth Editions Limited, 1994, p.79.

凄清，／歌声在风中回荡"。诗人在《鲁斯》中追寻了一个七年龄
女孩"遭受遗弃"的生活经历，她"随心所欲"，"在高山低谷游来
荡去，／自由，冒失，大胆"，成年后跟一个当水手的小伙子相恋、
遭弃，她越狱逃出，最后沦为乞丐。华兹华斯对不幸人群的同情甚
至可以延及《傻小子》中的傻小子身上，小子受命去搬取医生为生
病的老妇看病，却骑马去了一处瀑布，在月色下听猫头鹰啼叫，通
宵达旦。尽管他母亲整夜寻他的踪迹，生怕厄运降临，最后欣喜地
找到了他，但是作者留给读者的、对傻小子的愚蠢可能导致悲剧的
同情昭然若揭[110]。

陈嘉的分析剖析非常到位，华兹华斯在《阿丽斯·费尔》《露西·格瑞》
《鲁斯》《傻小子》中高度关注阿丽斯·费尔、露西·格瑞、鲁斯、傻小子，
并对他们给予了极大的同情。这些是显例且非孤例，可以看出，华兹华斯对限
于艰难困苦的儿童乃至于处于社会底层的所有百姓都是高度关注、十分同情
的，一股悲怜之气弥漫于他的作品之中。

四、华兹华斯的田园题材

关于华兹华斯，英国安德鲁·桑德斯（Andrew Sanders）在《牛津简明英
国文学史》（*The Short Oxford History of English Literature*）中说，没有人像他
那样"如此有力地扩展了对乡下人相互之间关系的了解"[111]，中国孙静在《中
国文学》中说，他是"田园诗的开山，作品有独特风格，自成一家"[112]。华兹
华斯诗歌创作中的田园题材是引人注目的。

《阳春 3 月作》写一群农民在山中耕种，其乐融融。《孤独的割麦女》写
一个孤独的姑娘在山间地里收割麦子，边劳动，边唱歌，自得其乐。《远见》
写查理、安妮在野外采花、摘果、游玩、嬉戏的情景。《苏珊的梦幻》写乡下
姑娘苏珊进城作使女，她产生幻觉，浮想起昔日在乡村的生活，表现了她对故
乡、对田园生活的向往和眷恋。这些都是华兹华斯以田园为题材的诗歌。

英国文学史上的罗伯特·彭斯（Robert Burns, 1759-1796）和美国文学史

---

110 Chen Jia, *A History of English Literature* (Volume III), Beijing: The Commercial Press, 1986, pp.11-12.

111 ［英］安德鲁·桑德斯著，《牛津简明英国文学史》（下），谷启楠、韩加明、高万隆译，北京：人民文学出版社，2000，第 522 页。

112 孙静编著，《中国文学》（一）（古代部分），北京：北京大学出版社，1986，第 144页。

上的罗伯特·弗罗斯特（Robert Frost, 1874-1963）也留下了不少的田园诗作，诗作中出现了劳动者的人物形象。彭斯一边写诗歌，一边种庄稼，是半个诗人、半个农民，兼具作家与农民双重身份；弗罗斯特既写诗歌，又种庄稼，还教书，兼具作家、农民、教师三重身份，所以他们田园诗歌中的劳动者基本上都是他们本人。跟彭斯、弗罗斯特不一样的是，华兹华斯不从事农耕活动，所以其田园诗中的劳动者并非他本人。在这方面，他同西默斯·希尼（Seamus Heaney, 1939-2013）是相似的，都只是农业生产的旁观者，其田园诗一般描写的是其他人的生活与生产活动。不过，华兹华斯和希尼的田园诗传统又有很大的差别，华兹华斯在其浪漫派的田园诗中是以一个悠闲的旁观者姿态出现的，而希尼在其田园诗中则怀着世代农家子弟对故土以及父老乡亲的无限眷恋之情。

华兹华斯在文学题材方面把眼光投向了自然、百姓、儿童和田园生活，这间接地反映出了他对黑暗的现实、卑俗的市侩、浑浊的成人世界和理性社会的反感与否定。